Amor al Prójimo

Amor al Prójimo

GABRIELA ENRÍQUEZ

LITERATURA RANDOM HOUSE

Amor al Prójimo

Primera edición: julio, 2024

D. R. © 2024, Gabriela Enríquez

D. R. © 2024, derechos de edición mundiales en lengua castellana:
Penguin Random House Grupo Editorial, S. A. de C. V.
Blvd. Miguel de Cervantes Saavedra núm. 301, 1er piso,
colonia Granada, alcaldía Miguel Hidalgo, C. P. 11520,
Ciudad de México

penguinlibros.com

ISBN: 978-607-384-715-5

Impreso en México – *Printed in Mexico*

Si supieras cuánto se esmeran en este sanatorio. Te bañan con una esponja especial, te ponen tratamientos para el cutis y cepillan tu "frondosa cabellera rubia", como dicen con elegancia las enfermeras. Reconozco que te tienen preciosa, pero de eso a que estés mejorando, no lo creo. Me molesta que el doctor quiera marearnos y, para colmo, mi mamá es igualita. El otro día nos peleamos porque se le ocurrió decirle a la niña que la iba a llevar a conocer a su mami que estaba de viaje. Ve qué disparate decirle a una niña, que no tiene ni dos años y que de por sí enfrenta el enorme problema de tener dos mamás, que hay una tercera. La del turno matutino, o sea, mi mamá, le dice haz esto. Yo, que soy la mamá del turno vespertino, le digo no lo hagas; y tú, la verdadera madre, no le dices nada porque estás de viaje. Total, que mi mamá ya no me habla, se ofendió porque le dije que no tenía derecho a llenarle a tu hija la cabeza de mentiras, igual que había hecho con nosotras. Me sacó de mis casillas. Se defendió diciendo cosas que no tenían nada que ver con lo que estábamos discutiendo; me dijo que, a diferencia de mí, ella sí sabía lo que era ser una madre, y que le daba lástima que ni tú ni yo hubiéramos heredado de ella la capacidad para ser felices. Luego se encerró en el baño a vomitar.

No la entiendo, Teresa, su incongruencia me perturba sobremanera. Una vez, cuando era chica, le pregunté en la misa que por qué lloraba y me dijo que de felicidad. Sé que el llanto puede significar muchas cosas, yo misma lloro a veces sin razón, sin dolor o tristeza, pero en aquel entonces me dije ¿felicidad de qué? No es que la viera llorar todo el tiempo, incluso cantaba mientras guisaba o lavaba la ropa, pero aun ese canto tenía algo que me llenaba de desconsuelo.

Siempre me ha obsesionado saber quién es en verdad mi mamá, qué le pasa, qué oculta. Cuando éramos chicas, ella contestaba a nuestras innumerables preguntas con frases cortas y tajantes, como si su vida estuviera hecha de conclusiones. Sintetizó su boda diciendo que había sido el día más feliz de su vida. ¿En serio, Teresa? ¿Qué tiene de felicidad casarte a los trece años en una iglesia en penumbras? En estos últimos tiempos me he ido enterando de cada misterio. El otro día me confió que en la iglesia se moría de miedo porque la llama del cirio del sagrario temblaba y dibujaba sombras en las paredes, que tenía frío y, lo peor, que no sabía que se estaba casando, o tenía de ello una idea bastante confusa. Imagínate qué cándida, su madre la había puesto sobre aviso unos días antes, cuando la llevó por primera y única vez a tomar un helado a la plaza. Dice mi mamá que no cabía en sí misma. Antes de irse dejó la cocina limpia, se lavó los pies, se untó crema en todo el cuerpo y se puso su vestido de domingo. Se sentaron en una mesa de los portales a platicar como dos alegres amigas. Cuando la abuela le soltó la buena nueva, mi mamá, en su papel de señorita sentada en los portales, le preguntó muy ecuánime: pero ¿cómo me voy a casar con ese señor?, ¿eso se puede? Entiendo que a la abuela, que ya era viuda y lavaba ajeno, la pedida le cayó del cielo, pero cómo pudo no abrazarla y decirle Dios proveerá, ya veremos cómo nos arreglamos.

Para colmo, me encontré por ahí el acta de matrimonio y dice que se casaron a las diez de la noche. La explicación de mi mamá fue que no había otras fechas disponibles, pero ¿que no en aquel entonces la tía Amelia asistía al párroco? Supón que agendó esa hora para que el cura alcanzara a cenar y a jugar su partida de conquián con el boticario, pero entonces ¿por qué la familia de mi mamá no acudió a la misa? Podríamos hacer mil conjeturas, lo cierto es que esa boda fue un trámite, no una celebración. Hay una sola foto de ese día: están los tres entrelazados de los brazos, como se mantuvieron siempre: mi papá en medio, a su lado izquierdo mi mamá, y a su derecha la tía Amelia. La tía, menudita y blanquísima, lleva el mismo chongo apretado de siempre, sus zapatos de enfermera y medias nacaradas. A mi papá los pantalones le quedan grandes y las mangas del saco, cortas. Mi mamá parece la hija de los dos, aunque su piel morena contraste con la de ellos. Total, que en la misa respondió que sí a lo que se le preguntaba por miedo a la sombra del crucificado que bailaba detrás del cirio pascual; respondía que sí en la salud y en la enfermedad, en lo próspero y en lo adverso, con tal de salir corriendo.

Me imagino que su luna de miel fue peor, porque la pasaron en la casa donde vivían mi papá y la tía Amelia; acostaron a mi mamá en un catre en la cocina y apagaron la luz. Mi mamá no se atrevió a decirles que le daba miedo la oscuridad y que nunca dormía con la luz apagada. Se pasó la noche en vela vestida como estaba, tal como fue a la iglesia, mirando en el techo las sombras de los naranjos. A la mañana siguiente fue la fiesta en la casa de la abuela. Figúrate la estampa: debajo de un zapote estuvieron sentados mi papá, la tía Amelia y el cura, mientras los vecinos departían. Mi mamá se pasó la mañana jugando con sus hermanas y el montón de primitos que ella cuidaba.

Como sea, celebraron de lo lindo, mi mamá y sus hermanos bebieron cervezas y pulque de nuez, aunque ninguno alcanzaba todavía la mayoría de edad. Cuando ya estaban entonados, el tío Ramón se levantó de su silla y con solemnidad pidió silencio. Con la autoridad de hermano mayor y hombre de la casa, ordenó a mi mamá que dejara de perseguir a las gallinas y fuera a sentarse. Una vez que la concurrencia hizo el favor de callarse gritó que vivan los novios. Los niños, achispados, incluida mi mamá, soltaron las carcajadas. Ya te imaginarás cómo se escandalizó la tía Amelia, con una mirada hizo que mi papá se levantara, y aquí se rompió una taza.

El punto al que quiero llegar es que ni la abuela ni nadie le informó a mi mamá que la gente se casaba para ser feliz, o al menos por cariño. En la misa el cura les recitó la encomienda que Dios les hacía a los casados: *Sean fecundos y multiplíquense, llenen la tierra y sométanla; dominen a los peces del mar, a las aves del cielo y a todo ser viviente que se mueve sobre la tierra.* Si nos atenemos a eso, mis papás fueron fecundos, tuvieron tres hijos, aunque sólo dos se hayan logrado. No dominaron ni sus propias vidas, pero está bien; como fuera, cumplieron. Mi pregunta es: ¿qué tiene que ver eso con la felicidad?

Mi papá es otro misterio, peor que mi mamá. Contar su historia es más difícil; las dos o tres cosas que alguna vez nos dijo sobre su vida eran hechos desprovistos de sentimientos y sin ilación, como si fueran una lista de ingredientes. Mi mamá lo resume así: se casó recién desempacado del norte donde estuvo quince años piscando tomate. Mi papá y su familia anduvieron de mojados en Illinois, se fueron caminando desde Lagos, en el camino murió Refugio, el hermano gemelo de mi papá. Casi llegando a Chicago se le paró el corazón a mi abuelo, que era peluquero; y después de quince años, mi abuela murió de lo mismo. Inmediatamente después se volvieron a México los únicos que quedaban: mi papá y la tía Amelia. Dice mi mamá que cuando lo conoció tenía treinta años, pero ya era viejo y maniático, sufría de zumbido, migrañas y una incipiente artritis degenerativa.

Ahí tienes los hitos que tenemos para reconstruir la historia de nuestros padres, para saber quiénes fueron, por qué se casaron y con suerte, Teresa, para entender qué estamos haciendo tú y yo atrapadas en este sanatorio de monjas.

En resumidas cuentas, nuestra vida está construida sobre ocultamientos y mentiras. No me extrañaría que así de preciosa como estás, en esa posición de Virgen María, con tus manitas juntas sobre el vientre, por dentro estés llorando. ¿Qué sientes realmente, hermana? ¿Quieres despertar o quedarte así para siempre? ¿En verdad estás en franca recuperación como dice el doctor? Si de plano te escapaste del mundo porque te resultaba insoportable, te respeto, pero que no le digan a la niña que estás de viaje y que muy pronto vas a regresar.

No vas a creer con quién me topé al salir de la vecindad. La comadre Lucita, bien encopetada, como siempre, fue a visitar a mi mamá. Me dijo buenos días y me siguió con la mirada como diciendo yo a ti te conozco. Ya se me hacía raro que no hubiera aparecido antes, si ella es de las que piensan que los verdaderos amigos son los que están contigo en las dificultades. Por eso, o porque le encanta el chisme, siempre aparece tras los accidentes para recoger los vidrios rotos.

Mi mamá salió a la calle por los botes de basura y se dio cuenta de nuestro intercambio. Haciéndose la que no vio nada, apiló los botes y cerró el portón. Aunque su fascinación es contarles a sus amigas las tragedias que le pasan, supongo que una cosa es decir que una de sus hijas cayó en coma y otra muy diferente es enfrentar la vergüenza de mostrar en qué condiciones quedó la otra. Para joderla, me quité la pañoleta y le dije buenas, qué milagro, mi mamá la está esperando. Antes de que la comadre me hiciera la pregunta esperada de Dios mío, ¿qué te pasó?, la dejé con el Jesús en la boca y me fui en cámara rápida tragándome las lágrimas de pura rabia. Me imagino que ese par de morbosas debe haber terminado con la caja de kleenex en la mesa tras ponerse al día.

Yo estoy peor, Teresa. Ya sé: vengo a lloriquearte mis penas al cabo que ni oyes ni piensas ni sientes. Soy tan cobarde que me desahogo contigo hablando pestes de mi mamá porque sé que te tiene sin cuidado. Es que yo no podría enfrentarla, le dolería en el alma saber las cosas que pienso de ella. Hasta yo me doy asco. Sé que soy injusta, y me quiebro la cabeza pensando cómo dejar de serlo sin que eso signifique mi propia anulación, pero tal parece que la justicia no es algo que se deje repartir. Es una balanza: o cae de un lado o del otro.

No siento lo mismo hacia ti. Tú terminaste como la Bella Durmiente, tranquila y a salvo, mientras los años pasan y los espinos cercan el mundo. Qué no haría yo por sacudirme el horror que me provoca mi cuerpo marcado. Pero no soportaría la idea de que tú ocuparas mi lugar. Gustosa acepto que la justicia haya caído de tu lado.

Con mi mamá es otra cosa, ella es más inteligente que yo, está convencida de que el pasado no es algo concluido y que uno puede cambiarlo las veces que quiera. Hasta eso quiere manipular. Por eso viene aquí cada día en punto de las dos, cuando empiezan las visitas de la tarde. Dice que le gustaría recibirte en sus brazos cuando regreses del coma, como cuando naciste. Yo estoy segura de que ni siquiera se acuerda cuándo ni en qué condiciones llegaste a este mundo.

Creo que el desprecio que siento por sus mentiras raya en la admiración. ¿Cómo pudo recomponerse? Borró su mente y se inventó otro cuento, que tampoco es conclusivo. A veces agrega algún remache o remoza alguna cuarteadura. Un día le pregunté de qué se había muerto nuestro hermano, el que no conocimos, y se sorprendió muchísimo. Para ella fue un golpe darse cuenta de que ni siquiera se lo había preguntado a sí misma. El bebé desapareció de sus manos de un día para otro y a ella no se le ocurrió pedir ninguna explicación. Me dijo que no se acordaba, pero al levantarse se tambaleó y tuvo que sostenerse del respaldo de la silla. La verdad es que ni siquiera pudo ir al funeral a despedirse de su bebé porque para entonces su locura ya estaba enfilada. Al borrar de su mente los diez años que pasó de luto, se esfumaron sus impulsos suicidas, bien por ella. Lo malo es que se salvó a ella solita: a nosotras nos dejó su historia, la niegue o no, impresa en el cuerpo.

¿Te imaginas qué maromas mentales habrá hecho para que un pasaje bíblico le advirtiera que algo terrible estaba por sucederle? En la historia, el rey Salomón iba dispuesto a partir con su espada a un bebé para entregarle una mitad a cada una de las dos mujeres que alegaban ser la madre. ¿Qué habrá visto, Teresa? ¿Se habrá imaginado a su bebé cortado por la mitad? ¿O habrá ido más lejos en su visión del futuro, presintiendo que un día sería ella quien disputaría la maternidad con la tía Amelia? Coincidencia o no, antes de que nuestro hermanito se enfermara, mi mamá ya estaba esperando la consumación de un terrible presagio. Cuando él murió, la luz de mi mamá ya se había apagado. Con ayuda del alcohol, que bebía en secreto, hacía sus quehaceres y mal que bien cumplía con sus obligaciones; aun con las maritales, por más aberrante que resulte imaginarlo, cumplía sin darse cuenta.

Sin darse ella cuenta empezaste a crecerle dentro. Al final se la pasaba dormida y lo único que logró despertarla fue el dolor insoportable de cadera que le provocaban tus ganas de nacer. Imagino que cuando te vio, en su fantasía, habrá creído que Dios se arrepentía de su crueldad y le devolvía a su muñequito; pero el milagro de tu nacimiento no alcanzó a devolverla a la luz, se quedó en un rincón a oscuras como una vela sin pabilo. Al año nací yo.

Ve cuánta fortaleza tenía, que casi veinte años después de tu nacimiento, ella solita ya se había reinventado y escrito para sí misma una historia más heroica, devota y sacrificada. Cuando nació tu primera hija sin vida, ¿no te dijo usté párese derecha? Ay, Teresa, tu Muvieri. Parece que estoy viendo cómo te brillaban los ojitos el día que escogiste su nombre, mucho antes incluso de conocer a Orlando. Se había soltado un aguacero y corrimos a refugiarnos del granizo debajo de un puesto de artesanías huicholas. Ese puesto era el arcoíris de la Ciudadela. Estaba atiborrado de colguijes de chaquiras y atrapasueños, pero tú te quedaste embobada con los muvieris. Aparte de que el nombre te pareció divino, te hechizó el significado: esos plumajeros son el lazo que une el cielo a la tierra.

Muvieri no alcanzó a llegar a esta vida. Su corazón estaba incompleto, eso te dijeron los médicos: el corazón de su niño no se completó. Niña, dijiste alto y claro, fue niña, y altiva te retiraste sosteniendo la herida de la cesárea. No sabes cómo me impactó tu reacción. No llegó, Teresa, no cobró vida el eslabón que debía unir el cielo y la tierra. Y sin ese lazo, entiendo que ahora prefieras quedarte allá, aunque el mundo entero esté implorándote que vuelvas.

En el entierro te paraste bien derecha acatando las órdenes de mi mamá, o a lo mejor ya convertida en un árbol petrificado. No escuchaste que frente a la cajita donde metieron a la bebé, mi mamá hacía gala de sus incoherencias: recitaba nada menos que el Magnificat. Qué coraje, tú pasmada y ella como en éxtasis: *proclama mi alma la grandeza del Señor.* Yo quería pisotear la tierra, devolverla a su agujero, patear la grandeza del Señor, darte una buena cachetada para que reaccionaras y por lo menos te soltaras a llorar. No lo hice porque se me hacía que te iba a pasar como a los sonámbulos, que si los despiertas se asustan tanto que se quedan atrapados en el sueño. Mi mamá siguió y siguió con sus alabanzas como en un trance: *desde ahora me felicitarán todas las generaciones porque el Poderoso ha hecho obras grandes por mí.* Hasta que se hizo de noche.

Siempre me he preguntado qué hacía mi mamá ese día. ¿Quién creía que estaba en ese pequeño cajón: su bebé, el tuyo, tú, ella misma? ¿Qué era lo que agradecía? Quiero creer que, sin saberlo, le hablaba a tu alma, le hablaba con su voz de madre y le indicaba que siguiera a tientas hasta lo más hondo, porque ella, que ya lo había caminado, sabía que por ahí estaba la salida.

A lo mejor tu estado de coma es la salida que encontraste, pero ella no lo entiende, está aferrada a que regreses. Es como toda la gente, que cree que estar en coma es casi como haber sido enterrada viva; ofrece mandas, cuelga estampitas y ya no sabe qué más. Viene a cuidarte todas las tardes y por las mañanas atiende a la niña en lo que yo estoy contigo. No quiere que estés sola ni a sol ni a sombra. Me ha pedido que te hable; no importa lo que diga, pero que no deje de hablarte. Según ella la voz es una vibración que viaja hasta donde está el alma, y está convencida de que mi voz podría traerte de vuelta porque es la que más escuchaste de niña. Me conmueve su petición, es como si me dijera: tráeme a mi hija, a ti te conoce más que a mí. Así es que aquí me tienes, Teresa, le sigo la corriente y te cuento historias de terror con mi melodiosa voz.

Cuando estuve internada en el hospital volví a soñar una pesadilla que me atormentaba cuando vivíamos en el internado. No te la platiqué entonces para no mortificarte más: estamos sentadas en una piedra lisa con los pies metidos en el agua de un río helado. Mi mamá está en medio de las dos con un pareo azul. Tú estás a la derecha y llevas una cinta amarilla que recoge tus rizos dorados. Mi mamá nos está contando esa historia que tanto le gustaba, la de la huerta de naranjos donde conoció a mi papá, del olor de los azahares y de los gajos que él le ofreció con sus manos sucias de tierra. Estamos felices, contagiadas de su alegría. De un momento a otro, mi mamá deja de estar entre nosotras. El agua se la va llevando despacio y el pareo azul se queda flotando como si bailara. Quedamos tú y yo, el escándalo del río y sobre el agua una estela de burbujitas. Después te avientas y ya estamos las dos dentro del río. Alcanzo a ver cómo te deslizas, te sumerges y a ratos te asomas de nuevo. Mi papá grita desde una piedra puntiaguda, no lo escuchamos, pero me parece que está enojado, lo miro borroso a través del agua. Entonces veo los dedos de Dios, largos y fuertes, con sus uñas cuadradas y limpias, rompiendo la presa como quien juega canicas. Doy una brazada, respiro, saco el pecho y en momentos alcanzo a sacar la coronilla, luego toso. Tú también luchas contra el agua. Después es bastante confuso, no sé cómo, pero ya estoy afuera y te extiendo una rama. Te grito agárrate, y tú me ves con una sonrisa que primero me parece diabólica, pero viéndola bien es la de un ángel.

Pues sabrás que ese sueño venía de un recuerdo. Poco antes de morir, mi papá me confesó que un día mi mamá se tiró al río y que tú y yo nos aventamos tras ella; que él alcanzó a sacarnos a las dos porque apenas estábamos en la orilla y luego se aventó a salvarla. Como pudo la pescó de los pelos y mientras la arrastraba hacia fuera yo le alcanzaba un pedazo de tule para que se agarrara. También me dijo que a los pocos días nos llevaron al internado.

Van cinco veces que entra la monjita y te quita la cobija. Es linda, no me regaña ni nada, ni siquiera me da instrucciones. Ha de creer que, además de bizca, quedé sorda. Con infinita paciencia dobla la cobija, la guarda en el armario y, luego, con una toallita te seca el sudor de la frente.

Vieras qué bonitas se ven con sus hábitos blancos, nada que ver con las monjas negras del internado, parece increíble que sean de la misma congregación. Yo creo que ni siquiera han de haber visitado la hacienda donde sus hermanas fundaron el internado. Si supieran lo que es vivir en las faldas de los volcanes, entenderían que hay fríos que una vez que te entran al cuerpo ya no puedes sacarlos. Yo pensaba que habían escogido el peor lugar para instalar la casa, pero tampoco es que tuvieran muchas opciones, la hacienda les había caído del cielo cuando estaban a punto de quedarse en la calle. Ya no supiste que ahora, en lugar de internado para niñas, es una casa hogar para las Pasionistas jubiladas. Ahí está internada la tía

Amelia. Remodelaron la hacienda, hasta bonita se ve. En medio del patio construyeron una fuente en la que instalaron un busto del señor que donó la propiedad. Nuestro benefactor, ¿te acuerdas?, por el que pedíamos en la oración nocturna: *intercede por él*. Si ves la estatua, podría ser la de cualquier hijo de vecino, no tiene la pinta de haber sido un matón que hizo fortuna con las tierras que repartió el general.

Me enteré de eso y cosas peores. Resulta que cuando el benefactor estaba en la fase terminal de la cirrosis, con la piel y los ojos amarillos amarillos y ya defecaba sangre, el cura del pueblo le aconsejó que limpiara su pasado. Las madres Pasionistas, gustosas, aceptaron lavar sus pecados: sacaron los muebles, la mesa de billar, vaciaron el cuarto de armas, dos cuartos de armas; entre los necesitados repartieron los animales y las herramientas para el cultivo; ordeñaron la cava, cada botella la purgaron sobre la tierra, y en su lugar pusieron la capilla. Al fondo, donde estaba el olivo, y donde decían que había aparecidos, exhumaron huesos y hasta monedas, ya sabes, las típicas historias de tesoros enterrados. De manera que al final todos ganaron: gracias al cura, las madres salvaron a la congregación, que la mitra había dejado sin subsidio, y de paso salvaron al hombre. ¿Ya ves, Teresa? Tan fácil que es lavar las conciencias.

Un día de éstos, cuando la monjita blanca me pierda el miedo, le voy a contar la historia del internado para que se vaya de espaldas.

No dudo de sus buenas intenciones, pero a mí no me benefició su caridad. Ni siquiera éramos huérfanas como las otras treinta niñas con las que conformamos la primera generación. Para ellas tú y yo éramos privilegiadas porque, aunque fuéramos igual de pobres, al menos nosotras sí teníamos padres. No sé tú, Teresa, pero yo nunca logré sentir ese privilegio y mucho menos la gratitud que esperaban. En mi lógica retorcida, como decía mi papá, era todo lo contrario.

No entiendo qué había de privilegio en que unas niñas de cinco y seis años fueran llevadas de pronto a vivir lejos de sus papás, qué ventaja había en que a nosotras sí nos visitaran los domingos. Ni siquiera era mi mamá quien llegaba con mi papá, sino la tía Amelia. No niego que fuera generosa, disfrutábamos sus galletas y sus caramelos de anís, hasta nos dejó embobadas con aquella casita de muñecas que prometió regalarle a la que se portara mejor. Eso se agradece, pero vivíamos con la sensación de un faltante. Imagino que es como si perdieras una mano, claro que valoras la que te queda, es lo que hay, pero siempre estará el hueco de la otra, el muñón que indica: aquí estuvo una mano.

A veces pienso que todo habría sido más fácil si hubiéramos sido huérfanas de verdad. Seguramente el mundo tendría un color más sombrío, pero no habría confusión: con nuestros papás muertos, no habríamos crecido sintiéndonos indignas de cariño, no tendríamos nada que perdonar. Así es que ni para qué me esfuerzo en que la monjita entienda que, aunque tu cuerpo sude, siempre tendrás frío.

Y a pesar de ello, Teresa, nuestra vida en el internado quedó en mi memoria como la época más luminosa. Desde el momento en que pisamos el claustro entendí dónde estaba mi pertenencia: mi familia eras tú.

Me has dicho que de ese tiempo recuerdas la pura oscuridad y el frío que entumía los huesos; y no es para menos, desde antes de llegar ya traías los ojos fruncidos presintiendo el futuro. Entraste a rastras, apeñuscada en la pierna de mi papá. ¿No te acuerdas del corredor de los helechos donde colgaban miles de jaulas con unos pajaritos que parecía que estaban de fiesta? Yo estaba absorta, contagiada del regocijo, hasta que empezaste a balbucear ya vámonos a nuestra casa, papito. Se me partió el corazón. La tía Amelia nos encontró a los tres, enteramente abatidos, en medio del patio. Mi papá nos entregó a ella y dijo que nos íbamos a quedar unos días en ese lugar. La tía Amelia forcejeó contigo, te dijo que tu papi iba a visitarte seguido, y al fin pidió ayuda a dos monjas que pasaban por ahí. Entre las tres te arrancaron de mi papá y te llevaron en vilo. Una te sostuvo las piernas para atajar las patadas y la otra te sujetó de las manos. Cuando me di cuenta, mi papá ya no estaba, se había ido. Me pasó por la mente correr a alcanzarlo, pero en mi interior se develó una certeza: yo era tu equipo e iría contigo al mismo infierno.

Cuando llegué al dormitorio te vi en una cama junto al ventanal, ovillada debajo de una cobija roída. Me eché a tus pies como un perrito y tú ni te asomaste. Qué tan acongojada me ha de haber visto la tía Amelia como para haberme prometido que a nosotras nunca nos iban a separar. Y yo de tonta le creí, Teresa. Me llevó cargando a la ventana y me enseñó dos nidos sobre la rama de un árbol enorme. Me dijo que ese árbol se llamaba ahuehuete y que las pájaras se sentían seguras de dejar sus bebés a su cuidado. Lloraste toda la tarde debajo de la cobija. Te llevaron comida, galletas, trajeron al gato para presentártelo y te lo echaron en las piernas. Trajeron también a las demás internas para que conocieras a tus nuevas amigas, y nada, no hubo poder humano que te sacara de tu abismo. Cuando empezó a caer la noche y las otras niñas hacían alboroto en los baños preparándose para dormir, quise empujar mi cama para pegarla a la tuya, pero no logré moverla ni un centímetro. ¿Te acuerdas de la señora Linda que hacía la limpieza de la cocina y compraba el mandado? No sé qué hacía en el cuarto esa tarde, si ella sólo iba por las mañanas, pero fue quien pegó mi cama a la tuya para hacer una sola. Me metí en las cobijas, te abracé por la espalda y tú te dejaste. Recuerdo que te mecía suavecito y me imaginaba que íbamos remando en una balsa. Te decía en voz alta no tengas miedo, yo te voy a cuidar, y cuanto más lo repetía, más me iba sintiendo a salvo.

Supongo que tú padeciste el internado peor que yo porque eras mayor y entendías mejor lo que pasaba. Ay, Teresa, los domingos eran una montaña rusa. Amanecías en la cima: entusiasmada te levantabas a bañarte antes que todas, te peinabas, tendías tu lado de la cama y me apurabas porque seguro que ese día sí iba a ir mi mamá. Al rato llegaban mi papá y la tía Amelia y te explicaban que mi mamá seguía un poco enferma. En ese momento empezaba el bajón y ya para la tarde, cuando las visitas se iban, acababas convertida en un harapo. Ésos eran nuestros domingos de gloria, como se jactaba la tía Amelia al hacer su aparición, tomada del brazo de mi papá.

Cada domingo te ponías ese vestido de fiesta que era mi fascinación. Te confieso que esperaba con ansia que crecieras pronto para que ya no te quedara y me lo tuvieras que pasar. El berrinche que hiciste cuando mi papá te pidió que por amor de Dios ya tiraras ese trapo viejo, y al final le aceptaste que por lo menos se lo llevara para arreglarlo. A la semana te lo entregó envuelto en papel de china. Estaba zurcido, planchado y olía a violetas. No volviste a ponértelo y lo convertiste en tu trapito de compañía, como hacen los bebés. Abrazada a él se acabó tu insomnio. Me imagino a mi mamá demorándose en cada puntada, figurándote con el vestido puesto, calculando tu altura. Con qué esmero lo habrá planchado y perfumado con tal de que tuvieras un vestido decente, el de una niña que tiene madre. Imagino a mi papá en la papelería escogiendo el color del papel de china, el color preciso para envolver el vestido de una niña que tiene padre. Cuánta dedicación habrán puesto en esa prenda vieja para poder ser esos padres que no tuvieron permiso de serlo.

No recuerdo haber jugado con las otras niñas. No teníamos amigas, pero tampoco recuerdo que hayamos tenido enemigas. Se referían a nosotras como las bizcas, pero tampoco es que se ensañaran. Las monjas me daban esa misma impresión, ni afectuosas ni ofensivas. Salvo la señora Linda, todas me eran indiferentes, seres impersonales que se movían despacio de un lado a otro como fantasmas negros.

Tú eras mi mundo y mi alegría era verte reír. Me acuerdo la vez que nos tomamos entera la botella de rompope, qué risa, no sé cómo no vomitamos. Te llevaron al cuarto de los castigos y a mí me metieron a la enfermería. No paraba de reír porque sentía que la cama se movía. La señora Linda me dio café con sal y me sobó la panza con manteca y carbonato. Ya me estaba quedando dormida cuando me asustaron tus gritos. Corrí a buscarte y no pude entrar porque te tenían encerrada con llave. Golpeabas por dentro como si ahí estuviera el demonio, mientras que yo golpeaba por fuera. Atrás de mí llegó corriendo alguna madre y al abrir la puerta me sumé a tu ataque de histeria: nunca habíamos visto un Cristo tan grande y ensangrentado, era espantoso, parecía un gigante desollado. Santo remedio, se nos bajó la borrachera.

Seguramente contagiadas de ese ambiente macabro, nos dio por jugar a enterrar a mi mamá. Qué coincidencia, ahí, debajo del olivo donde hacíamos nuestro ritual, fue donde después encontrarían restos humanos. Juntábamos pétalos para cubrir la tumba imaginaria de mi mamá y cada una tenía su turno para platicarle lo que quisiera y despedirse de ella. Invariablemente acabábamos sollozando y en paz. Era mágico, Teresa, tuvimos que inventar un escenario en el que cupiera el inmenso dolor que la ausencia de mi mamá nos provocaba. Una de esas veces en las que acabamos ligeras y alegres, me confiaste tu sueño de ser trapecista y escaparte con el circo. Era justo la hora azul en la que el día roza la noche. Vi una carpa iluminada por miles de foquitos, vi unos elefantes vestidos con ropas elegantes, vi payasos malabaristas que jugaban con los monos, te vi radiante con un vestido rojo lleno de brillos, volando en el aire. Fue tan vívido, que en mi memoria aparece como la primera vez que fui al circo.

En el cuarto vecino está postrada una mujer albina. Es impresionante. Con su cabello largo, blanco, desparramado sobre la almohada blanca, parece un resplandor. No distingo su edad, pero no debe ser tan joven porque su madre por lo menos tiene ochenta años. Dicen que son alemanas y que están aquí desde hace una década. Nadie sabe qué les pasó, ni cómo es que quedaron varadas en esta tierra tan remota. La albina me atrae, me da la impresión de que dentro de ese cuarto está dormido un animal mitológico. Sin embargo, la que me subyuga es la madre. En castellano dice agua, buen día y gracias, será que en estos años no ha necesitado más. Está encorvada y su andar es lento y tieso, pero aquí está, con una sonrisa insólita. Sube por la escalera de incendios y dos veces al día baja al jardín a platicar con las ardillas. Les dice cosas en alemán y las ardillas se quedan muy atentas observándola, como si le entendieran. Ahora me acuerdo que mi mamá también tenía esa magia, a veces se ponía a platicar con las hormigas mientras les dejaba moronas de pan. Me daba la impresión de que ellas le contestaban en el idioma que mi mamá comprendía, llevándose las moronas en el lomo.

A la madre de la albina no le provoca repulsión mirarme, tampoco se conforma con ser amable o respetuosa, lo que ya sería mucho pedir. Cuando esa mujer me mira, me acaricia. No me lo tomes a mal, Teresa, pero ponerme bajo su mirada es el anhelo que me trae aquí cada día.

Fíjate cómo hasta en las situaciones más adversas vamos construyendo rutinas. Necesitamos un engranaje de hábitos que nos dé la ilusión de que estamos firmes. Venir a verte, por ejemplo, estar aquí de nueve a dos, cortarte las uñas, peinarte, masajearte. Eso es lindo, sentirme útil me da la sensación de estar asida, pero la alegría es otra cosa. Es algo tan sutil como saber que a las once estará la mamá de la albina sentada en la banca del jardín, esperar que den las once cuarenta para escuchar por el corredor su bastón tubular seguido de unos pasitos arrastrados, salir como de casualidad al pasillo y toparmela. Saber que, al regresar de ese encuentro, quedaré arrobada por los sonidos del mundo. Escucha el goteo del suero, el carrito de las enfermeras que va, el agua del escusado, las tijeras de jardín, el chirriar de la tortillería, el rumor de los motores a lo lejos, ¿te das cuenta? Son cosas vivas. Me pregunto si estos sonidos llegarán hasta donde tú estás. Se me ocurre que el lugar a donde van las personas en coma debe ser precioso, como una huerta de nogales con mucha sombra y pájaros. Seguro que allá eres amiga de la albina y platicas con ella, así como las ardillas con la alemana o las hormigas con mi mamá, entendiéndose sin importar el idioma en el que se hablen. ¿Qué le dirás, Teresa? ¿Le hablarás de mí y de esta historia abigarrada de la que te salvaste? Espero que no, ojalá que lo vivido se quede de este lado y lleguemos al limbo que nos toque sin aromas ni sonidos, sin equipaje. Qué daría por borrar de mi memoria el rugido de la lumbre y el olor inmundo a cabello quemado.

Es extraño cómo dimensionamos el tiempo: para mí los seis años que estuvimos en el internado fueron mi primera vida, en mis recuerdos más remotos sólo estás tú; sin embargo, para ti el internado fue un larguísimo tiempo sin mi mamá. Me pregunto qué pensarías si en este momento despertaras del coma y descubrieras que tuviste una hija, y que ya camina. No te preocupes, no te extraña, no sabe que existes, y, si despertaras ahorita que ya va a cumplir dos años, te aseguro que estaría feliz de cambiar de casa y ser cobijada por ti, aunque se tratara de unos brazos desconocidos.

A nosotras también nos tocó cambiar de vida muchas veces, fuimos como unas plantitas que trasplantaron de maceta en maceta. Viéndolo hacia atrás, cada maceta era peor que la anterior, pero no lo sospechábamos. La mañana que nos sacaron del internado estábamos eufóricas guardando la ropa al aventón. Mi papá nos esperaba en el recibidor. Me pareció más taciturno de lo normal, pero era tanto mi júbilo que no le di importancia. Nos subimos al taxi y todo el camino le fuimos cantando las canciones de la iglesia. Por la ventana iba viendo los rayos del sol que se colaban por las ramas de los árboles. Cuando llegamos a la granja donde vivían mis papás, lo primero que vi fue un columpio que colgaba de un pirul muy grande. Imaginé a mi papá trepado al árbol amarrando el columpio, como un héroe.

Entramos a la casa corriendo, llamando a mi mamá. Mi papá nos dijo que dejáramos nuestras cosas en el portal y nos llevó de la mano a la cocina. La mesa estaba puesta con cuatro manteles individuales. Sobre cada mantel había una tacita verde. Eso me pareció muy importante, no eran tazas disparejas como en el internado, hacían juego con la jarra y la azucarera. La tía Amelia estaba sentada y mi mamá de pie trajinando. Corrió a nosotras, nos abrazó, se limpió los mocos y, nerviosa, siguió con lo suyo. Se le caían las ollas y hacían mucho ruido. Se agachaba a levantarlas y las sobaba desesperada con la orilla del delantal, sana sana, colita de rana, parecía decirles. Luego se le cayeron las cucharas. Todas las cosas de la cocina se resbalaban de sus dedos.

Me fijé que la tía Amelia tenía sus manos venosas sobre la mesa con las palmas hacia abajo. Sus dedos cortos y huesudos estaban tensos, como si cuidara que la mesa no fuera a salir disparada. No se levantó a saludarnos. Mi papá te sentó frente a ella. Yo me quedé parada a un lado de la puerta.

De pronto mi mamá tomó un cigarro con la mano derecha y con la izquierda los cerillos y así se quedó un rato, a la expectativa. La tía le dijo que lo encendiera, pero mi mamá no se atrevió, aunque estuviera en su propia cocina con su mesa puesta y sus tacitas verdes para las fiestas. No pudo. Salió al patio. Escuchamos el ruido del cerillo con alivio, como si todos fuéramos a darle el golpe a su cigarro.

Afuera mi mamá se sentó en cuclillas junto a la comida de los perros mientras fumaba. Se le acercó el Güero y metió su hocico a la fuerza debajo de su axila. Como si el Güero le hubiera dicho cosas sedantes, mi mamá regresó más resuelta y se quedó parada junto a la estufa sin tirar ya nada. Fue entonces que mi papá te dijo que la tía Amelia quería que te fueras a vivir con ella, ¿te acuerdas?, como el juego de melón o sandía. Ah, pero sólo si tú querías. Decide tú, te dijo, porque no se atrevió a obligarte. Hubo un silencio largo, maligno, de sentencia emitida. Mi mamá tenía clavada una mirada dura sobre mi papá, que estaba absorto en el mantel. A ti te bailaban los ojos más de lo normal, un ojo se fue a clavar en mi papá y el otro en mi mamá. Sólo la tía Amelia, sentada frente a ti, estaba serena. Sin ser mirada por nadie sonreía con su sonrisa apretada.

Yo estaba junto a la puerta con los dedos cruzados pegados al corazón, tratando de enviarte la respuesta telepáticamente: di no, hermana, di no. Todos esperaban inquietos a que pusieras el punto final a la agonía. Mi papá se iba y se iba cada vez más al fondo por una arruga del mantel. La tía no te quitaba los ojos de encima como si fueras su presa, y mi mamá, esa piedra pómez, liviana y porosa sobre la que mi papá edificó su vida, parecía sólida por primera vez.

Siempre me pregunté si en ese momento sopesaste la casa de muñecas que la tía nos llevó al internado. Recuerdo que nos sentó en el suelo y nos dijo: las manos atrás, no se toca. Como una agente de bienes raíces nos fue mostrando las sillitas, el tocador de madera pulida con todo y espejo, la camita, y nos anunció que esa maravilla sería para la más buena de las dos. Sentí que el corazón me daba un brinco e inmediatamente escondí mis uñas sucias debajo de las piernas. De pronto creí percibir que tú y ella intercambiaron una mirada extraña, pero la pasé por alto. Qué tonta, la casita ya estaba destinada desde entonces a su elegida.

Es claro que no decidiste tú, Teresa, como quisieron hacerte creer. Te echaron encima la culpa que ellos no estaban dispuestos a cargar. Ni siquiera lo decidió mi mamá, y eso que fue la única que mostró cierta dignidad: se sacudió el delantal como sacuden los perros la tierra con sus patas traseras, y tras ese ademán te ordenó sin mirarte: te vas con tu tía, hija. Tomó de nuevo los cerillos y se salió al patio. Mi papá y su hermana se levantaron como si tuvieran prisa por ejecutar la sentencia. Tú te quedaste sentadita unos minutos en la cocina vacía, con esa belleza que está a punto de quebrarse. Creo que fue ahí, en esa mesa, cuando empezaste a ser una especie de ausencia, esa materia gaseosa.

¿Te fijas?, a pesar de que creían que mi mamá no estaba en sus cabales, fue la única sensata. Aunque no nos vio crecer, sabía que un niño no puede decidir, que necesita que los grandes le digan de qué se trata la vida. Ni en los cuentos infantiles más terroríficos se han atrevido a semejante aberración. Los papás de Hansel y Gretel los abandonaron en el bosque, pero jamás de los jamases les dijeron queridos hijos, ¿prefieren morir de hambre aquí o en el bosque devorados por los lobos?

Nunca hablamos de eso. Es como si, en tus recuerdos de ese día, yo no hubiera estado ahí. ¿Cómo no iba a estar, Teresa? ¿Cómo fue que no me vieron ni tú ni nadie? No percibiste que me contuve de patear la puerta, tampoco reparaste en que salí corriendo, maldiciendo para mis adentros. No viste que fui a echarme una cobija encima, según yo para desaparecer del mundo, pero no lo logré, y en lugar de ampararme, sentí que la cobija rompía sobre mí como una ola gigante, dejándome peor de revolcada: quería venganza, dejarme morir de hambre, irme a un país en guerra donde cayeran bombas sobre los niños. Ni siquiera advertiste que cuando acabaste de empacar tus cosas salí de mi naufragio sin una sola lágrima y me quedé viéndote de frente, bien fijo para castigarte.

Me quedé en la ventana mirando cómo se iban: tu cabello rubio, suelto, larguísimo, y el chongo apretado de la tía. No iban de la mano. Cuando pasaste a un lado del pirul, empujaste el columpio con fuerza, le diste un vuelo muy alto. La tía te jaló del brazo. Entonces ya no me di cuenta cuándo cruzaron la cerca, me quedé viendo el columpio que permaneció meciéndose durante muchísimo tiempo.

¿Recuerdas que unas semanas después me preguntaste por la muñeca que habías dejado olvidada en el internado? Confieso que el día que salimos la había visto sentadita sobre la almohada: una muñeca de unicel, estambre, retazos de tela, bastante feíta. Un regalo que confeccioné para ti durante varias noches, mientras dormías. A las carreras la metí en mi bolsa de ropa. La verdad es que cuando te fuiste con la tía decidí que esa muñeca había fallecido y la enterré junto a la higuera, igualito a como enterrábamos a mi mamá. Hice el ritual completo, le lloré a la muñeca hasta cansarme. Ahora comprendo que lo que enterré ese día fue la idea de familia, de pertenencia. Le lloré al internado donde pasamos nuestra primera infancia, viviendo como huérfanas sin serlo, donde lo único que teníamos era la una a la otra.

Si supieras la vista que tienes desde aquí. Como si lo hubieras pedido, tu ventana da a un pequeño jardín con hortensias, begonias, lavanda, y alrededor hay una cerca cubierta de madreselva. Ya te imaginarás el perfume que impregna tu cuarto. Luego, mero en medio del jardín, hay un eucalipto blanco. Es raro, parece un ser solitario, como si alguien lo hubiera traído de un paisaje de otro cuento. Es largo y lánguido como un adolescente. Con el aironazo que hace hoy, parece que se va a quebrar. Pero unas cosas por otras, Teresa, si se disparó al cielo de esa forma es porque no tuvo con quién competir por la luz.

Se me figura que eso nos pasó a nosotras. En el internado echamos raíces la una en la otra y crecimos codo a codo, como si fuéramos una sola planta, pero cuando nos separaron, quedamos desprotegidas, al menos yo. Sé que para ninguna de las dos ha sido fácil crecer, ve en qué condiciones estamos, ni a cuál irle, pero en mi entender, fuiste tú la que se proyectó al cielo sin obstáculos, y fui yo la que quedó al capricho del viento. Entiendo que hiciste lo que tenías que hacer: adaptarte, ir con lo que iba proponiendo la vida. Yo siempre fui cabeza dura. Cuando nos sacaron del internado y te endosaron con la tía Amelia, vi tu transformación: se acabaron tus pesadillas, tu fobia a los ratones, aprendiste a cantar y a tocar el piano, bordabas divino. No es que envidiara tu situación, yo no hubiera podido vivir en una casa sin ventanas, ni metida en la iglesia todos los días. No quería estar en tu lugar, pero tampoco en el mío. Me sentía como cuando en el internado se armaban los equipos de vóley: las capitanas iban eligiendo por turno a sus miembros, una para allá, otra para acá y hasta el final quedaba yo. No era que me faltara agilidad o pericia, sino que ellas creían que al ser bizca, no le iba a atinar a la bola. Aun así, jugaba, pero avergonzada, de la misma forma como vivía con mis papás. La tía te escogió para que fueras suya, mis papás terminaron peor de tristes que antes por haberte perdido, y yo me quedé con la sensación de que a partir de entonces tendría que jugar para un equipo al que no le había quedado de otra más que admitirme.

No hubo trámites, cesión de tutela, nada de esas cosas. La tía Amelia fue listísima, manejó tu apropiación como si hubiera sido una obra de misericordia. Ya sé que la versión oficial era que sólo la acompañabas por las noches, que no eras de ella, que tu familia nuclear éramos nosotros, etcétera. Pero ¿qué embustes son ésos, Teresa? Nunca sabremos si el verdadero motivo de la tía Amelia fue que en verdad no podía con su soledad, que quería un hijo sin tener que pagar el precio de tener un hombre, o esa

rivalidad malsana que siempre tuvo con mi mamá. El punto es que te llevó con ella dizque para ayudar a mis papás, que con trabajos podían sostenerse. Ellos no pudieron ni objetar, lo aceptaron como una dádiva, tal cual como había que recibir los alimentos: sin saberlos merecer. No puedo imaginar su confusión, su sensación de impotencia, de nulidad. Tampoco puedo imaginar tu dolor, Teresa, yo no habría podido con él: durante esos seis años de internado, vi cómo alimentabas la esperanza de reunirte con mi mamá, y de esa ilusión quedaron las puras cenizas. Ahora recuerdo una frase que mi papá me dijo en esos primeros tiempos en que empezamos a vivir juntos, ya sin ti. Fue una frase muy extraña, ya ves cómo era de críptico. Me dijo: las cosas que pasan son un misterio, no sabemos cómo ni por qué de repente llega un regalo hermoso envuelto en una caja muy fea. Todavía me pregunto a qué se refería o a quién. ¿Será que la caja era la tía y el regalo era la vida llena de oportunidades que ella sí podía darte?

Por mi parte, me quedé viviendo con unos papás que rara vez se dirigían a mí. No los culpo, no ha de haber sido fácil tener a una extraña en casa, por más que fuera su hija. Supongo que es más sencillo lidiar con el anhelo de una hija ausente que enfrentarse con una de carne y hueso. Me acuerdo de la primera mañana que amanecí en la granja. Todavía no salía el sol, me levanté y me vestí sin hacer ruido, tendí la cama, salí al patio a buscar el lavadero para mojarme la cara y regresé de puntitas para no despertarlos. Me senté en la orillita del colchón con mucho cuidado, tratando de no arrugar la cobija. Me puse a sacarme la mugre de las uñas, luego le hice un nudo a la bolsa de mi ropa y la puse debajo del buró. No sabía cómo debía comportarme, qué significaba vivir con unos papás, qué esperaban ellos que yo hiciera. Saqué otra vez la bolsa, desaté el nudo, doblé la ropa y la apilé sobre la cama. En ésas estaba cuando di con tu suéter azul, y en una de las bolsas encontré la foto de mi mamá, la que enterrábamos cuando jugábamos a su funeral. No pude contener el llanto. La doblé en cuatro y la metí en un agujero que había en la pared. No volví a verla.

Al rato escuché ruidos en la cocina y me atreví a salir, me topé con una mamá que distaba mucho de la que habíamos creado en nuestra imaginación: un ángel con sus alas enormes y su espada de fuego. Ni siquiera se parecía a la mamá de la foto: una jovencita candorosa de ojos negrísimos y con un vestido blanco con mariposas bordadas. En cambio, me enfrenté a una mujer sombría que no sabía qué hacer conmigo. Era bellísima, no digo que no. Me parecía como esas artistas que salían con Pedro Infante, pero yo decía para mí ¿cómo es que alguien tan bonita puede hacerme sentir tan triste? Fue rarísimo que me preguntara si me gustaba el café, si le ponía azúcar o si prefería miel. Éramos como dos gatos ariscos escrutándose de reojo.

Con el tiempo nos fuimos acostumbrando unos a otros, pero en mi fuero interno los odiaba a todos, especialmente a la tía. No podía entender qué lealtad irrompible tenía mi papá hacia su hermana. ¿Por qué te dejó ir con ella, justo con esa persona que nunca tuvo una mascota, una planta, ni un solo ser vivo en su casa? ¿Por qué tanta mansedumbre? Mi papá obedeció todo cuanto ella le fue dictando: primero mis papás tuvieron que vivir en el cuarto de servicio de la casa parroquial, porque la tía convenció al cura de que la iglesia necesitaba un velador, luego mi papá se hizo cargo del taller mecánico que ella le compró para que dejara de ser velador y al final tuvo que aguantarse cuando la tía, sin avisarle, les regaló el taller a las monjas. Ella fue vistiendo la vida de mis papás con los trastos de peltre, la mesa de piedra de la cocina, el crucifijo en la cabecera de la cama matrimonial. Siempre he pensado que la obediencia inquebrantable de mi papá hacia su hermana menor tenía que ver con un secreto. No es casualidad que los dos tuvieran la misma mirada sombría, como de ciénaga.

Ay, hermana, perdóname que haya llegado tarde, pero ya estaba saliendo cuando llegó el gerente de la fábrica. Me buscó para decirme que mi puesto seguía vacante y que así se iba a quedar hasta que decidiera volver. Se mostró amable y compasivo, me dijo que me tomara el tiempo que necesitara para reponerme del accidente. No creas, me tienta la idea de volver a meterme en ese sótano que huele a tinta y papel. Imagínate qué chulada, diez horas diarias como la única habitante, reina y soberana del archivo. Lo que no me convence es la idea del regreso, de dar un paso atrás, de volver a hacer lo mismo que he hecho desde que dejé el bachillerato: clasificar papeles, foliarlos, ordenar carpetas, meterlas en cajas y llevar el registro de su vigencia. Los siete años que duró mi juventud me dediqué a acompañar a los papeles a lo largo de su proceso de vida: los que tienen vigencia se agrupan en un archivo de concentración, al perderla pasan a la categoría de archivo histórico; al cabo del tiempo son archivo muerto y hay que calcinarlos. Así es, Teresa, como la vida, no me preguntes para qué. Durante siete años fui la única persona que atestiguó la vida de esos papeles, nunca se paró alguien por ahí solicitando un oficio o estado de cuenta; así como llegaban a mis manos, así acababan en la hoguera. Era deprimente, pero ese trabajo me permitía leer todo el santo día, además me pagaban y, ni modo, había que trabajar porque, a raíz de la embolia de mi papá, la situación en la casa se fue a pique.

Mi papá se enfermó desde que se quedó sin su taller. Ya sé que la tía Amelia tenía derecho a donarlo a quien le diera la gana porque estaba escriturado a su nombre, pero el taller era más que un medio de subsistencia: para mi papá era lo que lo hacía levantarse, bañarse y salir a la calle erguido para afrontar lo que trajera el día. Le dio la embolia y empezó su declive. Alguien tenía que hacerse cargo y tuve que dejar la escuela. Así fueron las cosas, Teresa, aunque siempre te haya molestado que culpara a la tía Amelia. Acepto que no lo hizo para darle en la cabeza, en el mejor de los casos lo hizo por inconsciente. En el peor, lo hizo porque pudo. También acepto que tú estabas tan encarrilada en tus estudios de turismo que tampoco te enteraste de la gravedad de las cosas. ¿Qué puede ser más importante para una muchacha de esa edad que los exámenes, las prácticas en los pueblos mágicos y en las playas, los muchachos, las amigas, las tertulias, la vida por delante?

Tú sabes que apenas completé el primero de bachillerato, pero le mentí al gerente diciéndole que lo había concluido. Debió de haber sabido que mi edad y

escolaridad eran mentira, y por eso no me pidió compro-
bantes ni nada. Supongo que no era tan fácil encontrar a
alguien que aceptara un trabajo tan tedioso y solitario por
tan poca paga, y mucho menos alguien a quien ese trabajo tedioso y solitario la hiciera sentir realizada. El caso
es que ya no podemos estirar más el dinero que Orlando aporta para la manutención de tu hija. Aparte, échale
lo que tiene que pagar para tu residencia en el sanatorio,
que debe ser un dineral. Dice mi mamá que ese hombre
es un santo que no supiste apreciar.

Ya me fui por las ramas, el punto es que tengo que encontrar un trabajo que, de preferencia, pueda hacer en
solitario. Dice mi mamá que es impúdico andar espantando a la pobre gente, según ella lo hago a propósito.
Cúbrete esa cara por el amor de Dios, me dijo el otro
día, mira cómo horrorizaste a ese niño. Tan preocupada
mi mamá por el qué dirán. Cuando voy con ella me da risa, pero cuando voy sola me encojo. Yo le agradezco al
gerente que haya sido tan considerado conmigo, pero
¿volver a cuidar documentos como si fueran papel mo-
neda para luego aventarlos al fuego? En todo caso, si de
esconderse se trata, en algún muelle deben necesitar personal de limpieza que lave la carena de los barcos. Y qué
mejor: personal enfundado en un traje de buzo.

Sabrás que ayer fueron a la casa las hermanas de mi mamá y me llevaron una bolsa de tepezcohuite, que se supone que es milagroso para borrar las quemaduras. Como si fuéramos parientes que se frecuentaran, se lanzaron sobre mí ahogadas en llanto. Recibí un abrazo asfixiante a cuatro brazos que me dejó tiesa. Me dijeron que parecía que hubiera sido ayer cuando me cambiaban los pañales. Par de embusteras, se atrevieron a decirlo en la cara de mi mamá, como si no supiéramos que le aplicaron la ley de hielo y la dejaron a su suerte cuando se puso enferma. Mi mamá estaba tan contenta de que la visitaran sus hermanas mayores que no las desmintió.

Verlas parlar entre ellas con una algarabía tan insensata, me llevó a preguntarme si el archipiélago de mi memoria había dado con la isla de *Alicia en el País de las Maravillas*. Tal como Tweedledum y Tweedledee, los gemelos gordinflones que Alicia se encuentra en el bosque: idénticas por fuera, opuestas por dentro. Por fuera son bajitas y rellenas, con el mismo corte monjil de canas plateadas. Por dentro, una es dulce y espléndida, la otra mordaz y tacaña.

Además del tepezcohuite traían una bolsa llena de mandado. Se metieron a la cocina como Juan por su casa y se pusieron a preparar comida. Mi mamá y yo las seguimos sin saber qué hacer. Traían antojo de pan, sacaron harina y levadura, y yo dije para mis adentros: esto va para largo. Una se puso a amasar y la otra a picar verdura con una precisión asombrosa. Hicieron caldo de pollo con nopalitos, champiñones y semillas de cilantro. Me devoré tres platos sin perder uno solo de los movimientos sincronizados que hacían al contar sus vivencias. Era una coreografía ridícula. La conversación era entre ellas, no notaban nuestra presencia, hemos de haber sido como el gato que estaba impasible junto a la hornilla de la estufa. Compartían las frases, una las empezaba y le daba el pie a la otra para que las cerrara. Así rememoraron la historia de sus vidas.

Se ufanaron diciendo que las dos eran inseparables desde hacía más de veinte años, desde que murió Jovita la de en medio. Así le llamaban a su hermana muerta, como si Jovita fuera su nombre y *la de en medio* sus apellidos. Cada que la mentaban se les cortaba la voz e intercambian un kleenex, que salía mágicamente de la bolsa del delantal. Qué asco, ¿por qué no se sonaban los mocos cada una con su propio pañuelo? Jovita era la de en medio, quedamos las de los extremos, dijeron, omitiendo olímpicamente a mi mamá y al tío Ramón.

Resulta que Jovita la de en medio murió a los veinticinco años de un cáncer de hígado. ¿Te imaginas? La misma edad que tienes tú ahora. Sin parar de gemir se engarzaron en una discusión sobre las causas que, según ellas, llevaron a Jovita a provocarse el cáncer. Por la forma en que se hablaban entendí que ésa era una discusión que las cautivaba y que repetían habitualmente. Cada una tenía argumentos muy sólidos y parecía que ninguna iba a dar su brazo a torcer. En resumen, una juraría que el cáncer surgió del dolor por la muerte de su hijo, que fue atropellado cuando iba por las tortillas. La otra, que el cáncer no nace del dolor sino del rencor, y que el odio de Jovita empezó hacia sí misma porque no pudo perdonarse que fue ella quien le ordenó ir por las tortillas. Que el niño malcriado no quería ir y que ella tuvo que gritarle y amenazarlo para que agarrara la bicicleta inmediatamente. Que al arrancar en la bici, el chamaco le gritó te odio. Que fue lo último que Jovita escuchó de su hijo.

No dijeron una palabra del bebé que mi mamá perdió, ni de los años que estuvo muerta por dentro, como si su desgracia fuera nada comparada con lo que vivió Jovita. Ni una sola referencia, ni siquiera por respeto. Mi mamá se salió al patio a fumarse un cigarro y regresó como si nada. Parecía que las tías estaban reviviendo un duelo que las mantenía juntas y vivas. Me acordé de la canción de cuna que cantaban los personajes de la novela *A través del espejo*:

Tweedledum y Tweedledee
acordaron tener una pelea
porque Tweedledum, dijo Tweedledee,
había estropeado su bonito sonajero.

Justo entonces un monstruoso cuervo descendió volando,
tan negro como un barril de alquitrán;
el cual asustó tanto a ambos héroes,
que pronto olvidaron su riña.

Cuando terminaron su discusión se dirigieron a mí, ignorando una vez más a mi mamá. Ah, tu madre, me dijeron, como si ella no estuviera presente. Contaron que mi mamá era bellísima, que volvía locos a los hombres. Luego una de ellas, la de la mala sangre, deslizó su veneno sobre mi mamá: le dijo que lo que había tenido de hermosa le había faltado de lista. Mi mamá siguió calladita, invisible. Entendí que ella era el monstruoso cuervo que las seducía. Hablaban de ella con una mezcla de desprecio y fascinación. Su forma de odiarla era desaparecerla del mapa familiar, del que ellas se sentían custodias. En ese momento me afané en descubrir el motivo de su odio, cavilé que la razón más evidente para despreciarla era que les había tocado ser las hermanastras de la Cenicienta.

Contaron que, una noche antes de su boda, mi mamá se había hecho pipí en la cama. En la madrugada su madre la había descubierto buscando en el armario una sábana limpia y la arrastró al lavadero jaloneándola del camisón. Mi mamá se remangó y se puso a lavar la sábana, y por encima de la vergüenza, se echó a cantar como si fuera dichosa. Dejó tendida la sábana en el alambre y se escapó de la casa. A la noche siguiente se casó con mi papá. A saber qué pasó en realidad, Teresa, ya sabes que mi mamá es capaz de inventarse cualquier fantasía. Las posibilidades son infinitas: pudo haber sido que la boda ya estuviera planeada y acordada por las dos familias, y que mi mamá se hubiera orinado de los nervios, pero también pudo haber sido que mi mamá se hubiera fugado o que mi papá se la hubiera robado. Lo cierto es que por ahí está la fe de matrimonio con número de folio, fecha y hora, sellada por la arquidiócesis. También cabe pensar que la señorita encargada de llenar las actas, es decir, la tía Amelia, haya cometido el error de escribir 10 p.m. en lugar de 10 a.m.

Total que, después de comer, las tías sacaron de la bolsa del mandado una botella sin etiqueta. Ahí sí, las perversas le ofrecieron: ¿un anisito, manita? Mi mamá se negó y les preguntó si no se habían enterado de que había dejado la bebida. La ignoraron, le sirvieron su copita y se la pusieron enfrente. Mi mamá prendió un cigarro. Volteé a verla, buscando en ella algún gesto que me justificara volcarles a las tías el anís en la cara, pero mi mamá no se enteraba de nada, estaba feliz y agradecida por que sus hermanas se hubieran dignado a visitarla después de tantísimos años.

Ya con la lengua más suelta, sacaron a la luz sus rencores. Te acordarás de la única fiesta que hubo en la casa, sobre la que mi mamá nos corregía diciendo que no había sido fiesta, sino reunión. De hecho, creo que desde entonces no había vuelto a ver a las tías, y ni siquiera me acuerdo de haber distinguido quién era quién. En mi recuerdo había muchas mujeres apretadas en el sillón grande, sentadas de ladito, con una nalga en la pierna de la otra. Seguramente porque desde entonces eran escandalosas, me pareció que eran una multitud.

Le recriminaron a mi mamá que en esa fiesta ella le había echado el mal de ojo al tío Ramón. Dijeron que en menos de un mes una infección fulminante le había podrido un ojo. Literal, la acusaron de bruja. Atinadamente, en el momento en que las gordinflonas empezaron a alebrestarse, se despertó tu hija llorando, y mi mamá, experta en escabullirse, dijo que no había leche y que la nena necesitaba un poco de aire. Las tías recogieron sus cositas, dejaron la cocina hecha un chiquero y se fueron desairadas. Le dimos de cenar a la niña, y cuando al fin cayó dormida le rogué a mi mamá que me dijera qué le había hecho a su hermano. Para variar, no quiso contarme, me dijo que a sus hermanas les gustaba inventar cosas, pero que no eran malas.

¿Cómo de que no, Teresa? En esa fiesta pasó de todo. En primer lugar, ese incidente inmundo que tardé años en digerir. Aunque no entiendo la relación de eso con la infección del asqueroso tío, y mucho menos con que mi mamá le haya lanzado una maldición. La pobre ni se ha de acordar, estuvo ajena al mundo durante la fiesta, con el tequilero en la mano, cantando sus canciones tristes como una diosa inalcanzable. Aparte hubo un pleito espantoso. Ya había pasado un buen rato desde que nos mandaron a dormir cuando me despertó el golpe seco de algo que se estrella. Por los gritos entendí que Jovita era la que quebraba cosas; alguien dijo ¿para qué le dan alcohol a Jovita si ya saben cómo se pone? Jovita chillaba que había un charco de sangre. Yo estaba paralizada. Lo que tú no sabes es que, en el momento en que los adultos se increpaban, maldecían y aventaban trastes, el tío Ramón me tenía embarrada contra la pared y su mano me tapaba la boca. Quise zafarme, pero, agarrándome más fuerte, el muy puerco me dijo que no había pasado nada, que sólo había tenido una pesadilla. La gente de veras cree que las personas bizcas encajamos en algún punto del espectro del retraso mental.

Mi mamá no se enteró de lo que estaba pasando, tengo clarito el recuerdo de que mientras ocurría el zafarrancho, como música de fondo ella cantaba: *no me explico por qué me atormenta el rencor*. Unos días después le dije lo que el tío Ramón me había hecho, y no quiso ni siquiera ver mis calzones como evidencia. Me gritó que no podía creer que yo fuera capaz de inventar esa barbaridad. Sus palabras me hicieron dudar de mí misma, me sentí despreciable y para protegerme sepulté el recuerdo. Sin embargo, empecé a sentir ese dolor impreciso que no está en ninguna parte, pero que lo habita todo. En fin, al ver lo endiosado que mi mamá tenía a su hermano, al grado de defenderlo de mi acusación, no era lógico que las tías la culparan de su pudrición.

Yo estaba tiesa preguntándome en qué momento iba a llegar la policía a llevarse a todos a la cárcel. Me imaginaba que escurría sangre de las paredes. Al poco rato escuché que alguien consolaba a la tía Jovita: yaaa, yaaa, como arrullándola. Te pregunté ¿estás dormida? Y no respondiste. Luego empezó el arrastrar de sillas, los vasos que chocan unos con otros y el chorro del agua del fregadero. Las voces se alejaron por el pasillo del patio de enfrente, y todavía una de las tías, sonándose las narices, dijo cínicamente qué bonita fiesta, deberíamos juntarnos más seguido. Después escuché el sonido del candado de la reja y, cuando al fin apagaron la luz de la cocina, desde abajo de las cobijas dijiste: Dios lo va a castigar. ¿Cómo se me fue a olvidar, Teresa? Estabas dormida, igual que ahora. Había ruido de grillos en el patio de atrás, sentía la sangre agolpada en la cabeza y me palpitaban con fuerza el corazón de arriba y el corazón de abajo. Eso fue lo que dijiste: Dios lo va a castigar.

Acaba de entrar la monjita blanca una vez más; te quitó la cobija, se persignó frente a ti y se fue. Qué miedo, Teresa, ¿será que de veras tienes una relación personal con Dios? Reconozco que me burlaba cuando me contabas que recibías mensajes del cielo, porque me parecía una pose para hacerte la interesante. Además, estaba segura de que el misticismo que presumías era una estrategia de la tía Amelia para separarte de mí, de nosotros. No era un secreto que, a los ojos de la tía, mi mamá y yo éramos una mala influencia para ti, porque, claro, no estábamos a tu altura. Hay gente que está convencida de que el dinero va aparejado con la ética. Te consta, Teresa, las dos estábamos presentes aquella vez que la tía se llenó la boca contándoles a sus amigas ricachonas que tú estabas con ella porque mi mamá era alcohólica. Por la reacción de las señoras, pensé en mi mamá como si fuera una persona con pelos secos y parados, sonrisa horripilante y un hilo de baba escurriendo de sus labios. Recuerdo que llamó mi atención una de las mujeres que, con ese típico gesto de asombro, se llevó las manos a la boca haciendo tintinear sus pulseras. La vi preciosa, opulenta, como si ante la imagen de una figura paupérrima resaltara su grandeza.

Yo no sé si mi mamá era alcohólica o no, pero lo cierto es que nunca la vi descompuesta, y mucho menos me sentía en peligro cuando tomaba. Es verdad que de cuando en cuando se metía al baño y salía de un humor diferente, y en ocasiones se mareaba, pero seguía siendo una mujer común y corriente, que tiende la ropa, hace la comida, trapea todos los días. Normal. Una vez me dijiste que el recuerdo más triste de tu vida fue el día que te dio la cachetada y te dijo que no la abrazaras porque ella no te podía querer. Había tomado y lo que te hizo fue bestial, pero, Teresa, con alcohol o sin él, así es mi mamá: abraza empujando. A lo mejor ella no fue hecha para cuidar a nadie. Se le dio el don de ser un puente, nada más. Pero nada menos: si a través de ella llegamos a este mundo, en ocasiones el puente también se abre para allá, dejándonos ver el cielo de donde venimos. Cada mañana antes de irme a la escuela me acompañaba a la puerta, levantaba el índice y me soltaba una enorme lista de bendiciones como si me estuviera regañando: que Dios te cuide, te guíe, te proteja, te salve y te pique la panza. Entonces se producía el prodigio: abría una sonrisa chimuela por donde efectivamente se asomaba Dios.

Mi mamá no necesitaba alardear, ni siquiera era consciente de que ella era un umbral al más allá. En cambio, la tía nunca claudicó en sus esfuerzos por ganar indulgencias para la hora de su muerte. Pero tú fuiste mil veces más lejos en tu ambición: en tu ingenuidad o soberbia, o las dos cosas, pretendías nada menos que lavar los pecados del mundo. Tu perfección me parecía sospechosa. Para mí que, o eras farisea o eras idiota. Sin embargo, tenías a todos encandilados, parecía que tu sola presencia los volvía conversos. Incluso mi papá, al que apenas le oíamos unos cuantos monosílabos y gruñidos, ¿no nos salió una nochebuena con un discurso sobre la generosidad y lo difícil que es pasar por el ojo de una aguja? Lo dijo para alabar los regalos usados o inservibles que nos trajiste para navidad. Me acuerdo perfecto que a mi mamá le diste el huipil que compraste en el mercado de Oaxaca y que usaste hasta que se decoloró. A mi papá le envolviste los guantes de lana cruda que te quedaban grandes y que picaban. Para mí fue tu LP favorito donde venía "Eleanor Rigby", y que yo te había rayado de tanto ponerlo. Y fíjate que apenas unos meses antes mi papá había tirado a la basura un regalo que le hice para el día del padre, argumentando que las cosas usadas no se deben regalar.

No sabes cómo le di vueltas a esa arbitrariedad. Primero creí que el mensaje contradictorio de mi papá se debía a la diferencia entre mi regalo y el tuyo. El mío era una agenda, que reconozco haber hecho con hojas usadas, pero al menos tenía una manufactura personal. En cambio, tú le diste lo que te sobraba, ¿no era acaso más valioso mi regalo que el tuyo? Me enredé en unas telarañas que no te cuento. Si no era por el regalo, su preferencia debía ser por la persona, y eso querría decir que algo en mi corazón lo corrompía todo. El desprecio de papá me devastó. Como Caín, creí que mi problema era no ser la hija predilecta; pero a diferencia de él, la que debía morir era yo.

Ni siquiera los Evangelios me ayudaron a discernir cuándo un acto de dar es puro y cuándo es convenenciero o perverso. Eso de que el amor, la verdad o la intención del corazón marcan la gran diferencia, me dejó peor de confundida. Por ejemplo, una tarde volví abatida de la secundaria, como ya se me había hecho costumbre, y me encontré con el regalo más inverosímil. Al entrar a la cerrada alcancé a ver que mi mamá estaba sentada en el escalón de la entrada con una sonrisa inmensa, haciéndome señas y apuntando a una bicicleta recargada en la reja. Era muy raro que la viera contenta, se veía tan candorosa que lo primero que se me ocurrió decirle fue: ¿quién te la regaló? Se echó a reír, sólo hizo eso y vi cómo se iba transfigurando, de ser una señora triste a quedar convertida en una niñita. Tenía ganas de abrazarla, de subirla a la bici y correr tras ella. Se desplomó el ensueño cuando me dijo es para ti, te la mandó tu tío Ramón.

La dejé con la sonrisa congelada y corrí a subirme a la azotea, donde me pasaba las tardes huyendo del clima irrespirable que generaban mis papás cuando estaban juntos. Unas horas más tarde me gritó desde el patio que me asomara, que quería decirme algo. Ay, Teresa, yo, que en ese entonces tenía los niveles de dramatismo aún más exacerbados, estuve a punto de tirarme de la azotea cuando me dijo: ¿ya ves cómo malinterpretaste a tu tío? No era una recriminación, más bien parecía que me suplicaba: por favor, dime que todo fue un malentendido. Después de llorar un poquito, bajé, me subí a la bici y me cambió la vida, descubrí que montada en ella el mundo puede correr de otra manera.

Podría hacer mil conjeturas sobre la procedencia del regalo, pero supongamos que sí me la envió el hipócrita del tío. ¿Su intención era disculparse, comprar mi silencio, o, peor, agradecerme? ¿Alguna de esas alternativas era motivada por el amor? En el caso de mi mamá, sus intenciones me quedaron claras: por su hermano mi mamá estaba dispuesta a todo con tal de conservar la paz de los sepulcros. Lo único cierto es que ese regalo me dio la primera lección de lo que era el amor en la vida real. Aunque no me era claro entonces, intuí que el amor tenía un fundamento mercantil; era peor que la prostitución, porque en el comercio sexual el trato es abierto y las condiciones claras: tú te paras en la esquina, muestras la mercancía y el interesado te paga en pesos. En el amor el trueque es velado. No sabes bien a bien qué estás vendiendo ni qué te están pagando. Acepté el regalo, no sé si por la bici misma o para que mi mamá estuviera contenta, o por las dos cosas.

De mis papás yo no sé si se amaron o no, pero su forma de dar y recibir era patética. Mi papá estaba enfermo de celos; en cuanto mi mamá se descuidaba, se ponía a buscar alguna evidencia de infidelidad. Esculcaba su ropa, revolvía el cajón de las medias, volteaba los frascos de la cocina o espulgaba la basura. Mi papá no quería encontrar, su pasión era la búsqueda misma, la desesperación que lo iba incendiando a lo largo de sus pesquisas. Terminaba febril y remordido, y se hundía en un silencio más turbio que el de antes. Luego le daba regalos a mi mamá. Ella, por su parte, los recibía sin saber qué hacer con ellos, no los usaba, los cubría con la misma envoltura y los guardaba en el baúl. El afecto que se daban era pura rabia contenida. A lo mejor a mi papá se le habría salido el demonio si ella se hubiera atrevido a decirle no me regales nada, tan sólo abrázame como la mujer de tu vida que dices que soy. Pero no.

El punto es que gocé esa bicicleta hasta que ya no cupe en ella: en cuanto terminaba de comer, me salía a la calle y volvía de noche. Aprendí a torear los carros, a bajar escaleras, a subir la banqueta de un salto, y aprendí, sobre todo, Teresa, que en esos viajes se me olvidaba lo mucho que me hacías falta.

Al separarnos nos habían prometido que nada iba a cambiar entre nosotras, dijeron que estaríamos en la misma escuela y que nos veríamos a diario, pero a la mera hora no se pudo y sólo te veía en el catecismo o cuando nos visitabas los fines de semana. A mis papás les alcanzó para meterme en El Pípila, que estaba a dos cuadras de la cerrada, con lo cual también nos íbamos a ahorrar los pasajes del camión. No niego que me sentí importante: iba a entrar a una escuela federal mixta, a diferencia de ti, que seguirías en un colegio de señoritas. Acá eran diez salones de primero de secundaria y en cada uno había sesenta estudiantes. Vestíamos el mismo uniforme verde botella, la altura de la falda era exactamente la misma y todas traíamos las calcetas blancas hasta las rodillas. Al sentirme una entre mil, me di cuenta de que el anonimato era lo mío. Me era tan apabullante la muchedumbre que ni siquiera te echaba de menos. El problema era la hora de la salida: en cuanto ponía un pie afuera de la escuela me caía la soledad encima, me sentía como un perro café en un baldío. Odiaba llegar a esa casa en la que tú no estabas, pero en cambio sí estaban ellos, unos papás que parecía que se iban hundiendo poco a poco en un pantano de arenas movedizas sin oponer resistencia.

Estaba tan ocupada en huir que no le di importancia al carro de fuego alado, los rayos de sol que se colaban por las nubes y todas esas mafufadas. Perdóname, Teresa, pero ¿cómo iba a creer que vieras tal cual las ilustraciones de tu libro *Vidas de los santos*? Qué tonta, si no hubiera estado luchando contra mis propias arenas movedizas, habría percibido el peligro que se venía.

Entiendo que quisieras purgar los pecados del mundo con ayunos, dormirte con el camisón mojado o metiéndote piedritas en los calcetines. A decir verdad, no me parecía que tus penitencias estuvieran a la altura de los pecados del mundo, pero espero que para Dios la pura intención de una adolescente haya valido el doble. Te jactabas de tus hazañas, Teresa, como si no supieras que no hay que dejar que tu mano izquierda sepa lo que hace la derecha. Me tenías harta con tu santidad de pacotilla; además, en el recuento de tus sacrificios sentía tu condena: yo no había sido elegida para el Reino de los Cielos. En fin, que por culpa de mis prejuicios ya no volviste a platicarme nada y ni cuenta me di del momento en que la mortificación de la carne había subido de tono. El día que te caíste de mi bici tuve que sacarte las medias a la fuerza para echarte alcohol en las rodillas. Te defendías como gato panza arriba, como si te estuviera arrancando la piel en lugar de la tela. Ay, Teresa, no sabes la conmoción que me causaron las cicatrices de tus piernas. No eran arañazos o rasgaduras hechas al aventón, sino trazos firmes y profundos que parecían haber sido hechos con algo punzocortante. Me enfurecí.

Ésa fue la única vez en la que llegamos a los golpes, ahora me da risa, pero qué susto me pusiste. Parecías posesa carcajeándote como estúpida, pidiendo que te diera más fuerte. Cuanto más te golpeaba, el pánico se iba apoderando de mí hasta que acabé gritando de terror y tú consolándome. Ese día me juraste que nunca más te volverías a cortar, y mentiste.

Lo increíble es que ya casi no tienes cicatrices. Si acaso, se alcanzan a ver unas líneas tenues de color marrón. El doctor está impresionado, no puede creer que en estos dos años que has estado inmóvil, hayas tenido un proceso tan acelerado de regeneración celular. Desde luego, ayuda tu juventud, pero le parece extraño que se hayan borrado incluso los cortes más profundos. La primera vez que te desnudó para hacerte el examen de reconocimiento aseguró que esas marcas tenían más de diez años. Las mentiras que tuve que inventarle. Mi mamá no sabía nada, y cuando el doctor le mostró tus piernas y le pidió una explicación, ella pegó un grito y culpó a la malvada de la tía

Amelia, que de seguro te castigaba. El médico no se quedó convencido, porque esas rajadas le parecían inverosímiles. Tampoco me creyó a mí cuando le dije que un día ibas corriendo y te estrellaste contra un ventanal y que te quedaron pedazos de vidrio incrustados. Dijo que no eran cortes comunes de castigos o accidentes. Para él, lo que tenías en las piernas era un dibujo que había sido diseñado.

Al principio tuve la impresión de que los cortes que corrían a lo largo de la pierna eran como ríos que siguieran un cauce y buscaran desembocadura. En estos trazos profundos confluían innumerables cauces de menor tamaño. Se me figuró que esos dibujos eran como el mapa hidrográfico de México. No puedo imaginar qué sentías mientras cada uno se iba llenando de sangre. ¿Eras consciente de lo que hacías o sólo te dejabas ir por esa corriente del inframundo? Ahora creo entender que el motivo de tu autoflagelación ni siquiera tenía que ver con resarcir el mundo, sino con una pena más recóndita: un sentimiento de culpabilidad injustificado que te laceraba el alma. No había forma de parar, Teresa. No lo hacías por amor a la humanidad, tu intención era desaparecer.

El caso es que, diseñado o no, el mapa en tus piernas ya casi ha desaparecido. También se te borraron las estrías de la panza y los muslos. Quedan tus pequitas de siempre en los hombros y tu hermosa constelación de tres lunares en el mero centro de tu espalda baja. Sólo la cicatriz de la cesárea se ha pronunciado, hasta parece una sonrisa que se hubiera vuelto más larga, más contenta. Tu ombligo es la nariz.

El doctor me explicó, con bastante tiento, que mi caso es muy diferente. Me trajo una lámina con el dibujo de un corte transversal de la composición anatómica de la piel. Me fue mostrando con lujo de detalle las capas y los distintos tipos de tejido. Me aclaró que en mi caso el fuego llegó demasiado hondo. Tus cortadas se quedaron en la epidermis, por lo que, al regenerarse tus células cada veintiocho días, con el paso de los años las cicatrices se han desvanecido. En cambio, mis quemaduras acabaron con la dermis, los folículos pilosos, las glándulas sudoríparas, y en algunas partes del cuerpo tocaron el tejido adiposo. Todos esos tecnicismos para decirme que, para parecerme a la que era antes del accidente, necesitaría injertos de piel en por lo menos sesenta por ciento de mi cuerpo. Pero ni así serías la de antes, recalcó, es mejor que no te hagas ilusiones. Ay, Teresa, hasta parece una broma macabra que lo único que me quedó de la que era antes fueran mis ojos bizcos.

Cuando empecé a trabajar en la fábrica pensé que podía operarme los ojos si guardaba un piquito cada quincena. Así lo hice religiosamente los primeros meses, pero luego salieron otras cosas más urgentes: la embolia de mi papá le generó estragos en los músculos y hasta en algunos órganos, luego se descompuso el refri, y así. El caso es que por angas o por mangas siempre había algo más apremiante.

Puras artimañas. Debajo de todas las capas de la piel se enquistan las verdades que no nos atrevemos a ver. Todas las urgencias que había que atender con mi quincena eran justificaciones perfectas para posponer la operación. Reconozco que, de alguna manera muy cruel conmigo misma, yo atesoraba mis ojos bizcos porque eran la prueba irrefutable de haber sufrido una injusticia. Ve qué estupidez: mi fealdad me ponía en una posición de víctima que me permitía sentir que estabas en deuda conmigo. Cuando te operaron el estrabismo te odié, Teresa. A ti te hicieron guapa y para la gente, yo seguí siendo un monstruo. El día que llegaste a la casa de mis papás con los ojos enderezados traías el cabello recogido, la cabeza en alto, tu sonrisa era un espectáculo, hasta me pareciste más alta. Deslumbrabas de una manera que dolía verte. La tía, orgullosa, les contó a mis papás que te había llevado a Aguascalientes con un cirujano de primera que le recomendaron sus amigas. Les explicó que había sido una operación ambulatoria que no necesitó muchos cuidados y que al día siguiente pudieron regresarse en camión. Mis papás te chulearon y le agradecieron el gesto a la tía. Tú no cabías en ti misma, me tomaste de la mano y me pediste que saliéramos al patio. Brincabas, le dabas vuelo a tu falda. Mirabas el horizonte con tus ojos nuevos. Yo me quedé mirando la tierra.

En ese entonces no me pasó por la cabeza preguntarme por qué a ninguno de los adultos se le ocurrió pensar que yo también necesitaba una operación. En mi mente sólo tú me habías traicionado, porque tú sí sabías el suplicio que viven las personas que somos percibidas como anormales. Yo era la única que podía hacer algo por mí, y preferí quedarme con los ojos bizcos antes que perdonarte lo que ni siquiera estuvo en tus manos. Lo que no estuvo en las manos ni en el pensamiento de nadie.

Puedo entender que a la tía yo le tuviera sin cuidado, es más, no dudo de que lo primero que hizo cuando te llevó a vivir con ella haya sido operarte los ojos para hacerte distinta a mí, como si pintara una raya y dijera: una de estas cosas no es como la otra. Pero ¿mis papás, Teresa? No solamente no se les ocurrió corregir la desviación de mis ojos, sino que además les afectó la diferencia entre las dos. Mi papá, por ejemplo, desde que te operaron evitaba mirarme.

Fue el único hombre que me dijo fea. Ve qué ridiculez, una palabra tan boba como *fea* me hizo el peor estrago de mi vida. Fue la forma como lo dijo lo que no pude soportar: no quería lastimarme ni burlarse como los compañeros de la escuela. Si por lo menos lo hubiera dicho con saña me habría hecho fuerte, pero lo dijo con dolor. ¿Qué haces con eso, Teresa?

Decidí que a partir de entonces sería fea con todas mis fuerzas. Me trasquilé el pelo lo más disparejo posible: unos agujeros hasta el cráneo y otros cachos a la altura justa para que quedaran parados. Me dejé rapada arriba de la frente para que se me vieran los ojos. Llegué al catecismo escondiendo el adefesio en un gorro de lana, como un mago que guarda en el sombrero su mejor sorpresa. Antes de pasar a la lectura vi la oportunidad de mi vida para vengarme del mundo. Corrí al podio y me quité el gorro de un tirón triunfal. Todas, incluida la madre, pegaron de gritos y salieron corriendo a empujones. Sólo tú te quedaste ahogada en llanto, con la cabeza escondida entre las rodillas. Me acusaste de haber hecho eso para ponerte en ridículo. Me escupiste en los zapatos y saliste corriendo. Creo que en ese momento terminé de consolidarme como la gran víctima, y lo que pude haber sido y alcanzado en la vida se vino abajo. Me puse de nuevo el gorro y volví a ocultarme detrás de los lentes gruesos.

Necesitaba que me contuvieras, sólo eso, que atestiguaras cómo me revolcaba en el lodo. Ni siquiera eso pudiste hacer por mí. Preferiste no verme, no tomar partido, elegiste ser imparcial. Al final todo se ha tratado de ti, Teresa; incluso hoy sigo revoloteando alrededor tuyo, sobando tu piel, contando tus lunares, tus manchas, descifrando el mapa de tu cuerpo.

Cuando estuve hospitalizada, conocí a un muchacho extraordinario. Si lo hubieras tratado, sabrías que existen personas que, después de perderlo todo, lo único que les queda es la alegría. Así era Elías, escandaloso como él solo. Platicaba con un volumen exagerado y hacía aspavientos, igual que los sordomudos. Hablaba con los de al lado, con los terapeutas, los enfermeros, las visitas de otros. Contaba que llegó a tener setenta y ocho perros. Primero recogió a uno de la calle, uno de esos hambrientos y desamparados que te escogen. Eso dejaba en claro Elías cada vez que lo platicaba: son ellos los que dan contigo y no te sueltan, te miran con esos ojos y tú te sientes Dios. Te sientes Dios, repetía siempre y se reía. Así fueron llegando los demás perros. Cuando eran pocos vendía chocolates en los semáforos para alimentarlos, pero luego, a medida que crecía la familia, le faltó tiempo para atenderlos. Las horas no le alcanzaban ni para sacarlos de sus jaulas a hacer sus necesidades. Hay un punto en que todo se jode y eres tú el que se convierte en el desamparado.

Un día los malditos vecinos, hartos de denunciar la peste y el escándalo de los perros, nos prendieron fuego. En esa parte del relato Elías invariablemente detonaba las carcajadas antes de concluir con su frase lapidaria: el favor que al final nos hicieron los vecinos.

Antes de convertirse en misionero y salvador de perros, tenía un show en un bar de la calle Revolución. Era improvisador del teatro y de la vida, que es lo mismo, le gustaba decir. Decía que el actor es más real que cualquier persona, porque el que actúa sabe que su personaje no existe. Entonces no lo entendí, pero esas palabras me impresionaron. Estaba segura de que encerraban un enigma que necesitaba descifrar para poder seguir viviendo.

A menudo salíamos al jardín, que en realidad era una jardinera repleta de pensamientos, empotrada en un pasillo angosto que separaba el edificio de cuidados intensivos de la unidad de quemados. Era un pasillo al aire libre por donde se colaban el sol, las abejas y uno que otro colibrí. Elías tenía cada puntada, no sé de dónde sacaba las provisiones. Como un mago, de su cangurera salían cigarros, música, historias y una anforita que, nunca supe por qué, se persignaba con ella antes de llevársela a los labios.

Ese muchacho de ojos verdes llenaba el espacio de tal forma que yo desaparecía, igualito que tú y las pocas personas con las que llegué a sentirme cómoda. Me hacía sentir que él no necesitaba un interlocutor sino una audiencia, y eso me daba tranquilidad. Ahora creo entender a lo que Elías se refería con eso de la persona, el personaje y el actor: en el teatro de mi vida yo jugaba a ser una especie de fantasma que tenía funciones de utilería. Nunca me pregunté si el papel me había sido impuesto o si yo lo había elegido, mucho menos si me era posible elegir otro personaje. Hace poco le pregunté a mi mamá si en verdad no creía que su hermano me había violado. Me dijo ay, hija, eso no es importante, eso nos ha pasado a todas y sobrevivimos. Según ella, cuando yo era chica lo negó para protegerme, para que no fundamentara mi vida en algo tan insípido como el sexo. Creo que en aquel entonces, además de proteger la honra de su hermano, en realidad mi mamá me estaba diciendo: si cierras los ojos con fuerza el monstruo desaparece; si te callas, sobrevives; si no nombras las cosas, no existen. Mi mamá cree que es uno quien guarda el silencio y lo controla. No sabe que es al revés.

Quisiera irme lejos, a un lugar pequeño y solitario donde no pase nada, y uno no tenga que ser alguien ni llegar a ningún lado. ¿Te imaginas? Sería fantástico que hubiera una isla donde pudiéramos ir las personas desfiguradas, un lugar como un lazareto para nosotras. ¿Quién les dijo que necesitamos inclusión y tolerancia? Lo único que queremos es que nos dejen en paz, vivir sin tener que tragarnos la lástima de nadie, poder ir al mercado como si nada y platicar con quien sea sobre los distintos platillos que puedes hacer con verdolagas. ¿Es mucho pedir?

Cuando me vaya, me voy a remojar en las olas hasta que acabe, ahora sí, toda arrugada; me tenderé al sol, y por las tardes voy a sentarme en el muelle a ver el movimiento rítmico de las lanchas amarradas. Ya no me queda nada aquí, Teresa. Tú no tienes para cuándo despertar; las cosas con mi mamá cada vez son más tensas.

La niña, claro, la niña lo llena todo, pero no es mi hija. Eso recalca mi mamá cada que puede. No te confundas, me dice, y tiene razón, para tu hija yo soy una mezcla de juguete y esclava. Mete la mano al títere, y voy y la meto. Hazme piojito en la espalda, y ahí me tienes las horas cabeceando hasta que el angelito se duerme. Ciertamente me gusta complacerla, me hace sentir igual que cuando de niñas te hacía reír. O tal vez, debajo de mi supuesta generosidad, sólo hay miedo. Eso de cuidar, servir y vivir para los otros disimula el pavor que tengo de hacerme cargo de mí misma. No sé qué sigue, Teresa. Si no tuviera a quién procurar, no tendría la menor idea de qué hacer con mi vida. Va siendo hora de enfrentarme a eso. Además, según los dictámenes médicos, tú vives, y mientras la madre esté viva, no hay razón que valga para que una niña sea criada por la tía.

No sé a dónde exactamente quiero ir, pero es como si mi brújula siempre apuntara hacia el norte. A veces en sueños me veo en la estación de Buenavista abordando el tren, como cuando hicimos ese viaje inolvidable a Delicias para que te conociera la familia de Orlando. Creo que ése fue nuestro broche de oro. Sin saberlo, en ese viaje nos estábamos despidiendo no sólo de la infancia que compartimos, sino también de las cosas buenas de la vida. Cómo nos divertimos, Teresa. Me acuerdo de ir agarradas al barandal del último vagón viendo pasar los caseríos, las nopaleras, los maizales, hasta que se hizo de noche y cruzamos Querétaro. Seguimos platicando en la litera alta, según nosotras muy bajito para no molestar a los vecinos y acabaron por corrernos del camarote por escandalosas. Qué risa me daban tus caras: venías ensayando, en todos los géneros dramáticos, los parlamentos que traías escritos para presentarte ante los papás de Orlando.

Estabas sobrexcitada, enamoradísima, ya me tenías mareada de tanto hablar del hombre más guapo del mundo, de lo suertuda que eras, de los diez hijos que tendrían. Traías un mapa enorme de la República mexicana que desplegabas a cada rato para marcar en qué parte del trayecto íbamos y medir cuánto te acercabas a Orlando. Fantaseabas con un rancho repleto de vacas y caballos donde harías queso, mantequilla y pasteles en una estufa de leña, sólo ustedes, juntitos los dos, cerquita de Dios. Me tenía cautivada la historia de cómo se conocieron en la panadería. Te imaginé muerta de vergüenza, limpiando con tu suéter los bolillos que le habías tirado al tropezar con su charola, mientras él te miraba entre extasiado y divertido. Qué ganas de que me hubiera llegado un accidente como ése, de estrellarme contra un amor real, en lugar del amor imaginario por el primo Yeicob, en el que yo me ahogaba. Eso pensé en ese viaje cuando tenía diecisiete años. Ahora que tengo veinticuatro, sospecho que enamorarte de alguien real es igual o peor de dañino. Es más, dudo que haya algún tipo de amor que no sea imaginario. Si acaso, la imaginación de uno y de otro coinciden en algún momento, por un instante, pero nada más. ¿Acaso no pasó eso entre Orlando y tú? Y eso que no era cualquier amor, era El amor.

En el andén del ferrocarril te esperaba una comitiva. Antes de bajar del vagón empezó a sonar la polca. ¡Ah, qué recibimiento! La madre de Orlando entaconada, guapísima, con un ramo de azucenas para su nuera. El padre, serio y ausente, como que lo llevaron a la fuerza. Y Orlando, pues sí, maldita Teresa, superaba por mucho la foto: sí era el hombre más guapo del mundo. Te trataron como reina y lo eras. Hasta yo me sentía tu dama principal. Cuando nos llevaron a montar a la huerta de manzanos y llovió y luego salió el arcoíris, pensé: si hoy me muero, valió la pena. Lo sostengo, con ese día me habría bastado. De alguna manera tu cúspide fue la mía: yo también me sostuve en la pura alegría de vivir mientras te duró el amor.

Tu boda, tu casa con jardín y un durazno en medio, ay, hermana, llegamos tan alto en la felicidad que desembocamos en la desdicha. El año en que perdiste a Muvieri comenzó el derrumbe, empezaste a ver cosas raras, sombras que pasaban. Orlando se sumergió en su trabajo, huyendo de su propio dolor. No es para menos, las personas que tienen que enterrar un hijo ya no quedan vivas del todo. Podrán hacer mil esfuerzos: darse al alcohol como hizo mi mamá, agarrarse del odio como dicen que hizo la tía Jovita, tener otro hijo, volverse a enamorar, o a lo mejor entregarse al sexo. ¿O no, Teresa? El sexo sin amor, sin vínculo, sin mirar a quién. De nada sirvió que la tía Amelia colocara la imagen de la Dolorosa frente a tu cama para recordarte que tu misión en la vida no era amar y mucho menos gozar, sino asumir el martirio del mundo.

Lamento si te hice sentir acosada, pero no te espiaba para juzgarte. Es una lástima que no hayas querido escucharme, me habría gustado convencerte de que en este mundo no hay culpables, pero ni yo lo sospechaba. No fue hasta después del accidente cuando comprendí que eso de la cizaña y la semilla es puro cuento. Si acaso, somos una marabunta desquiciada, corriendo unos encima de otros, tratando de no morir ahogados.

Me tenías intranquila porque no sabía de ti, no dejabas que me acercara. Cambié mi horario en la fábrica para tenerte en la mira y asegurarme de que llegaras a salvo a tu casa. Me escondía atrás del pino, por donde se ponía la señora de los dulces, y desde ahí alcanzaba a ver el salón donde dabas tus clases de inglés. Me tenían muy inquieta tus ataques de angustia. Varias veces te vi salir del salón hiperventilando y con un semblante verdoso. Intenté hablar con Orlando para que tomara cartas en el asunto, pero nunca me recibió. Con mis papás no podía hablar porque todo lo que yo dijera de ti era interpretado como insidia. Además, cuando sugerí que me convendría vivir cerca de mi trabajo, mi papá me dijo que lo pensara muy bien porque si lo hacía, yo ya sería harina de otro costal. Por más que le dije que estaba exhausta de pasar cuatro horas diarias transportándome, se empecinó en tildarme de egoísta. Dejó de hablarme cuando renté un pequeño departamento en la azotea de un edificio, a espaldas de la fábrica. El único acercamiento que tenía con ellos era cuando me encontraba con mi mamá en el quiosco, donde cada quincena le entregaba el diezmo, por llamarlo de alguna manera. Cómo iba a mortificarla si cada vez que la veía me soltaba una lista interminable de calamidades que habían ocurrido en la casa desde que los dejé: se secaron las violetas, a mi papá se le cayó el pelo, cuando el canario dejó de cantar la canaria se dejó morir de tristeza, mi mamá cada vez estaba peor de sus rodillas y ya no aguantaba tanto trabajo. Ah, porque además mi papá ya no podía pararse ni al baño y había que estarle llevando la bacinica. Ve lo desatinado de su lógica: me culpaban de haberlos abandonado y al mismo tiempo no dejaban que me acercara. A mí me partían el alma, pero al menos tenía el consuelo de que aceptaban mi pequeña contribución monetaria.

El caso es que no sabía cómo ayudarte. Ese viernes que tuve asueto preferí irme caminando a tu escuela desde temprano y me tocó presenciar una de tus peores crisis. Saliste corriendo del salón, ni siquiera pasaste tarjeta por el checador. Decidí seguirte. Abordaste el primer camión que pasó, y yo atrás de ti. Afortunadamente ese día traía un rebozo a modo de bufanda con el que me cubrí la cabeza para pasar de incógnita. Me pareció raro que no fueran ni las once de la mañana y ya el camión viniera repleto. Por su expresión, supuse que los hombres que en ese momento se transportaban eran trabajadores sin trabajo, resignados, yendo a cualquier lado. Olía a sudor rancio, a ropa sucia y lociones baratas. Además, había muchas vendedoras con su mercancía en grandes canastas y hasta un par de gallinas en una jaula. Empecé a preocuparme por que fueras a vomitar; no había ni una ventana abierta y ya sabemos lo delicada que eres con los olores. Vi que avistaste un asiento vacío hasta el fondo del camión, y a empujones llegaste hasta allá. Yo me fui tras de ti por si te desmayabas. Le pediste el paso al hombre sentado en el asiento del pasillo, abriste la ventanilla y te quedaste inmóvil con la frente recargada en el vidrio. Ni siquiera te inmutaste cuando íbamos llegando a tu parada. Yo pensé que te habías dormido y estuve a punto de gritar ¡bajan!, cuando me acordé que iba de espía y que mi voz podría delatarme. Me moví de lugar hasta quedar justo detrás de tu asiento. Cuando descubrí la mano del hombre que iba junto a ti, escondida debajo de tu vestido, pensé que el desgraciado estaba aprovechándose de que venías dormida. Empecé a buscar en mi bolsa algo con que golpearle la cabeza, pero en ese momento te reacomodaste y retiraste tu mano que estaba debajo de un libro sobre el regazo del hombre. No te volviste a verlo ni le dirigiste la palabra. Tomaste tu bolsa, el abrigo y te levantaste. Él se puso de pie, con una reverencia te dio el paso y volvió a tomar asiento. Te escabulliste entre el gentío hasta llegar a la puerta y te bajaste. Te seguí a media cuadra de distancia más de una hora, hasta que te dejé a salvo en tu casa.

No, Teresa, no me escandalizó tu comportamiento. Ni siquiera me pasó por la cabeza un juicio moral contra ti. Simplemente no entendía qué había pasado. Qué me había pasado. Cuando llegué a mi departamento, lo desconocí: la luz, el aire, el acomodo de los muebles, nada parecía estar como lo había dejado apenas en la mañana. Me puse a cambiar todo de lugar: cortinas, plantas, la sala la puse en el comedor y el comedor en la cocina, y así. Hasta el gato del edificio, que al fin había decidido vivir conmigo, estaba inquieto. Reacomodé un día y otro sin encontrar ese milímetro desplazado que había dislocado el rompecabezas de mi vida. Ahora entiendo que no había tal rompecabezas. Era yo la pieza que estaba forzada, no iba ahí.

Ya no volví a seguirte. Bueno, sí iba a tu escuela de cuando en cuando, pero me conformaba con verificar que te subieras al camión. El resto del día me sentía inquieta, no lograba concentrarme en el trabajo y por las noches me costaba conciliar el sueño, no podía imaginarme estar en tu lugar, o más bien no dejaba de pensar qué se sentiría estar en tu lugar. A veces, mientras el gato me regalaba sus arrumacos matutinos, cerraba los ojos: se me untaba en la cara para despertarme, luego yo le restregaba la nariz en su nuca y me respondía frotándose en mi cuello. Con los ojos cerrados me imaginaba que iba en un camión atiborrado de humanidad y olores fétidos, inventando con alguien un mundo nuevo, en un único afán por recorrernos, por descubrir qué se siente cada fragmento del otro, a qué huele, qué temperatura tiene. Terminaba agitada y con la cara ardiéndome de vergüenza.

Fue en ese tiempo cuando me dio por rumiar cualquier cosa. Todo el santo día tenía que estar masticando algo, me llevaba a la fábrica un kilo de zanahorias y uno de galletas, a la hora del almuerzo me atascaba cinco tamales y tres bolillos. Cuando ya no podía más, me provocaba el vómito. Me volví experta en vomitar sin hacer ruido, me concentraba, abría la garganta, expandía el pecho y lo que me había tragado salía disparado, casi intacto. Creo que con mi bulimia no trataba solamente de llenar un hueco, lo mío era una compulsión por lo furtivo. El chiste de mis rituales alimentarios es que eran secretos, a escondidas incluso de mí misma. Como hacías tú, ir con la frente pegada a la ventanilla mientras la mano es libre de hacer lo que le viene en gana. ¿Te das cuenta, Teresa? Recurrí a esas torturas personales para sentir que la vida auténtica era la tuya.

No sé cuántos otros trayectos viajaste, lo cierto es que desde el día que te seguí, poco a poco se fueron retirando tus ataques de angustia. Gracias a mis averiguaciones me di cuenta de que habías recobrado el color y hasta la alegría. Por mi parte, además de los rituales con la comida, empecé a fumar y a ansiar los mimos del gato con más frecuencia. En una ocasión me atreví a probar lo que tú hacías. Desde un día antes el corazón me hacía *tucum tucum*. Agarré la ruta que iba para Indios Verdes, la más alejada de mis rumbos. Esperé horas hasta que se desocupó un asiento en la ventanilla con las mismas características que el que habías elegido tú. Pedí permiso al hombre, tal cual el procedimiento. Cuando me senté me empezó el mareo. El hombre me dijo con una voz exageradamente ronca ¿está bien, señorita? Me volví a verlo, era un muchachote casi niño vestido de sardo. Le dije que no, que yo no estaba bien, le pedí el paso y, temblando, me bajé del camión justo a tiempo para alcanzar a vomitar en la banqueta. Regresé a mi casa ya de noche, me tumbé en la cama con todo y zapatos y, abrazada al gato, lloré hasta quedarme dormida.

Salvo esos laberintos, la vida transcurría rutinariamente sin grandes dramas, hasta que un lunes no fuiste a trabajar. Ay, Teresa, te buscamos hasta en la morgue. Me llevé a Orlando casi de la oreja porque él no podía creer que te hubiera pasado algo. Yo creo que él ya se olía que andabas paseándote con éste y con aquél, porque me decía no te preocupes, al rato regresa. Tal como lo hiciste dos días después, con la boca reventada y un ojo morado. Fue imposible sacarte una palabra sensata. Lo único que dijiste fue que habían intentado asaltarte, pero que no te habían quitado nada. ¿Dónde estuviste esos dos días que dijiste que en la Basílica? El poli de la escuela te había visto subir a un taxi de los azules; de hecho, precisó que ese auto te recogía con frecuencia, por lo que le había parecido normal. Los chismes se esparcieron como la lumbre y tu desaparición llegó a oídos de la tía Amelia. Fue a tu casa a buscar a Orlando y al ver que fui yo quien le abrió la puerta se fue contra mí, que en qué dificultad te había metido, que algo andaba yo urdiendo. Y yo: ¿cómo cree, tía?, si no sé nada de ella. Aparte de decirme hipócrita, su palabra favorita, entendí que se había distanciado de ti desde el funeral de Muvieri, porque no le diste su lugar en la ceremonia. Por supuesto que también yo tenía la culpa de eso porque, según ella, yo te sembraba ideas de ingratitud en la cabeza.

Hasta en el entierro de tu hija ella necesitaba ser la protagonista. Desde el día de tu boda descubrí un rasgo en su personalidad que no había notado antes: tú estabas de rodillas sobre el reclinatorio, a tu derecha Orlando y a la izquierda la tía, bien pegada, hombro con hombro, casi arrebatándote el altar. De pronto su mirada cambió; detrás de un gesto de fingida bondad, vi en sus ojos una arrogancia diabólica. Me quedas debiendo, parecía que le decía a Dios, me la diste defectuosa hace seis años y ahora te la regreso completada.

El punto es que al ver que la tía gritoneaba en la puerta y que yo no la hacía pasar, Orlando salió y la despachó con su típica amabilidad de cartón. Le dijo que tratara de descansar, que todo estaba bajo control y que la mantendría informada. Después me llevó a mi casa y me dijo lo mismo, como si, igual que la tía Amelia, yo fuera una impertinente que mete las narices en casa ajena. Qué rabia: pues hagan gárgaras los dos, me dije, hagan de su vida un papalote, que a mí me tienen sin cuidado. Pero no fue cierto, me pasé la noche con el Jesús en la boca imaginándome lo peor: un montón de perros hurgando tu cuerpo empapado de sangre, en medio de los tiraderos.

No voy a saber qué te pasó y ya no tiene importancia, pero en aquel momento me parecía de vida o muerte saber qué sintió Orlando al verte herida. ¿Qué pensó de tu supuesto atraco, y de que el mismo hombre con quien te habían visto la tarde en que desapareciste continuara llevándote a tu casa ya entrada la noche? ¿Qué tramaba o de qué se beneficiaba?, porque de tonto no tenía un pelo. A lo mejor tenías razón y, mucho antes que tú, él ya había encontrado otro refugio. O tal vez, como yo te insistía, en su vida no podía haber otra mujer, o por lo menos no una mejor que tú. Sé que quedabas devastada cada noche que él te decía te amo, pero no puedo. Sé que después de esa frase seguía un silencio que caía sobre ti como lápida. Sin embargo, Teresa, también Orlando perdió a su hija. ¿No crees que sería posible que con su niña también se le haya muerto el deseo? A lo mejor tu historia con el hombre del taxi le dio alivio, al menos pudo dejar de torturarse tratando de encontrar una razón que no te destruyera.

En cualquier caso, aquel día llegaste viva y me hiciste saber que dejara de meterme en tus asuntos. No me habría dolido tanto si me hubieras dicho intrusa, difamadora; habría preferido que me patearas, pero con gran condescendencia me dijiste invéntate una vida, hermanita. Pero yo más terca que una mula. Después de esa conversación volví a tu escuela antes de la hora de la salida. Me paré en la esquina y el chismoso del poli me alcanzó para decirme que ya te habías retirado en el mismo taxi de siempre. Maldita gente entrometida. Decidí caminar.

Anduve más de dos horas en medio de un desfile de no sé qué festividad patria. El gentío me fue encauzando hasta llevarme a un lado de la banda de guerra. Los bombos me metieron en otro ritmo, sentí que su redoble grave y rotundo me apremiaba a comparecer en un mundo que era, por mucho, más grande que el mío. Cuando acabó el desfile me dio la impresión de que había vuelto de un largo viaje. Al llegar a mi departamento, no lo vas a creer, Teresa: la pared de la entrada estaba tapizada de pequeñas manchas alargadas de color verde. Al acercarme vi que eran orugas. Entré contenta creyendo que era un buen augurio. Al quitarme el abrigo, el piso quedó salpicado de confeti.

Yo estaba enojada, quería distanciarme de todo cuanto tuviera que ver contigo. Más de un año me evitaste, siempre estabas ocupada o te dolía la cabeza, un día llegaste al colmo de inventar que tenías que bañar al perro, con ese cinismo, como si yo no supiera que no tenías perro. Hasta que un buen día me llamaste para pedirme que te acompañara a sacar a un amigo de la cárcel, que porque te daba miedo ir sola. No, que se pudra en la cárcel, pensé, y te inventé un pretexto tan bobo como los tuyos.

Además, habías agarrado unas ideas esotéricas exasperantes. Según tu filosofía, los seres o las cosas con las que nos topábamos tenían la misión de enseñarnos algo. Le llamabas maestro a tu alumno que te había sacado de quicio porque escupió en el salón, igual que al mosquito que no te dejó dormir ni un minuto. Espero que no sigas creyendo que venimos a esta vida a aprender y que cuanto más dolor, mejor el aprendizaje. Porque tú te fuiste a lo grande, y mira dónde acabamos. Ahora resulta que tu gurú fue el tipo que sacaste de la cárcel con los pies tumefactos y los puños reventados, acusado de riña. ¿Por qué ése? ¿Por qué justo ése? De haber ido contigo el día que me pediste que te acompañara, no habría sido fácil dejarme engañar y a lo mejor no habríamos tenido este desenlace.

Nos volvimos a ver el día que enterramos a mi papá. Ay, mi apá. A veces creo que, mucho antes, él ya había decidido empezar a morir. Ya no quiso ser la trabe que sostenía los andamios. Él sabía que aun callado tenía que dar la anuencia para que las cosas siguieran siendo lo que eran, y al final se cansó de ser la última palabra. Supongo que llegado el día, te despiertas, te vistes, te sientas en la orilla de la cama a esperar qué sigue. ¿Y luego?, pregunta la voz de dentro, ¿esto era?: escuchas el crujido de los andamios. Lo que te hubiera gustado, lo que no fuiste ni tuviste, esas cosas empiezan a cimbrarse y lo que queda es apenas una víspera, el brevísimo trayecto entre tú y lo que está por pasar. Debe ser como una ola enorme que se levanta frente a ti. Volteas a ver la orilla y sabes que no hay forma de alcanzarla. Así que no tienes más que quedarte donde estás, sabiendo que la ola ya está encima. Así debe sentirse presentir la muerte: la ola frente a ti, amplificándolo todo.

En el entierro yo estaba tan confundida que ni siquiera me acordé de que seguía enojada contigo. Veía a la gente sin color ni contorno, gesticulando como personajes de película muda y, al mismo tiempo, sus ademanes me parecían estridentes. Trataba de evitar esas sombras fastidiosas, que seguramente eran familiares y vecinos que necesitan hablar sobre la última vez que vieron con vida al difunto. Fui a hincarme a un reclinatorio para que me dejaran en paz y al cerrar los ojos me vi en una lancha deslizándome por un río cuajado de neblina, tal cual el seis de espadas del tarot, pero sin balsero ni criatura. Iba sola. En medio de la neblina creí ver a mi papá. Estaba sentado en una banca del parque, metido en sus pensamientos, como siempre. Mi primer impulso fue acercarme en actitud de indigencia, rogarle una vez más que me perdonara, por lo que fuera. Lo vi de espaldas sentado de frente al sol. Nuestro padre, tan enjuto, se veía inmenso con los brazos abiertos apoyados sobre el respaldo. Henchido, como si hubiera sabido disfrutar la vida. Como siempre, no me vio, pero esta vez me acerqué sin pedir clemencia, sin la necesidad enfermiza de su afecto. De pronto se levantó de la banca y caminó de espaldas a mí, como flotando, libre. Fue una manera linda de despedirnos, o mejor dicho de despedirme, ni siquiera en mi ensoñación me dio la cara. A veces en sueños vuelvo a ver esa misma escena y pasa exactamente lo mismo, le digo adiós a su espalda. Me despierto con la sensación de haber perdido una vez más la oportunidad de decirle de frente lo que en verdad siento.

A ver, hermana, aprovechemos que estás ahí como un bulto ignorándome, hagamos nuestro juego, supongamos que eres mi papá:

Mira, papá, si por lo menos no hubieras hecho tanto esfuerzo por quererme y no hubiera habido instantes en que casi sentía que me querías, no se me habrían ido los años esforzándome.

Confuso, ¿verdad, Teresa? Qué patético, todavía no logro acomodar las palabras para que mi papá no vaya a pensar que le estoy reclamando. Tan sólo imaginarlo frente a mí hace que mis reproches salgan velados y suenen a súplica. Es desesperante que, aun sabiendo que está muerto y ya no puede rechazarme, vuelvo a convertirme en una niñita amedrentada.

Después de la visión en la que me despedí de mi papá, regresé a la barca del seis de espadas y me di cuenta de que ya había otro tripulante. Era el Prójimo a bordo, como un aparecido. Puedo jurar que era él; estaba recargado en la baranda, así como era: encorvado, con la pelvis aventada hacia delante y el pescuezo caído. Sus ojos estaban clavados en el suelo del bote. No miraba el agua, como sería normal, no miraba el camino. Me sorprendió ver a ese hombre ahí, igual de sombrío, ensimismado y extraño que yo. Juntos, sin vernos ni hablarnos, sin conocernos, cada uno cobijado en su propia negrura.

Los espejismos que te cuento duraron unos cuantos minutos. Luego volví a la escena de la lluvia, los paraguas, los rezos y las personas, donde estaba por ser enterrado mi papá. En verdad llovía como en las películas, de esa forma tan dramática, pero más bonito, las gotas se sentían suaves, casi como cariños. Es increíble que alguien que ocupó tan poco espacio, que casi flotaba como si temiera ensuciar la tierra, alguien como él de ojos desteñidos, que creía estar de más, alguien que no quiso ni mirarme, dejara en mí un peso tan grande de ausencia.

Lo que más me dañó de ti, papá, es que no fueras consistente: a veces, me tratabas como a tu hija y a veces, sin motivo me despreciabas. Eso desangra a las personas, ¿sabes? Me fui quedando sin voluntad, sin espíritu. Eso debí haberle dicho.

Las nubes se agrupaban en tonos de gris que iban del plomo al plata. Un par de murciélagos giraban alrededor de un cedro imponente. El guardián del cementerio, pensé con solemnidad. A los pies del cedro vi una alfombra de florecitas amarillas. Me quedé pensando en eso que dicen que los árboles están al revés que nosotros, que su cabeza está debajo de la tierra y sus extremidades crecen al cielo y que, si así fuera, las florecitas serían su corona. En ésas estaba cuando te vi llegar del brazo del Prójimo. Cuando me viste, te soltaste de su brazo y se acercaron a donde yo estaba. Me presentaste con él como tu hermana menor, no le diste mi nombre. De él no me acuerdo que hayas dicho algo, a lo mejor dijiste: un amigo. Él me puso la mano en el hombro y me dio las condolencias. Su mano era fría y pesada; me acuerdo que eso sentí, cuánto pesaba. En ese momento no me pasó por la cabeza que ése podía ser tu amigo aquel de la cárcel, tampoco me pregunté por qué Orlando no estaba contigo. Mi consternación radicaba en descubrir cómo es que el Prójimo se había metido en mi visión de la lancha del seis de espadas, antes de haberlo visto nunca.

Al rato ya estaba mi mamá abrazada al féretro cerrado, tú abrazaste el rosario y tus estampitas, el Prójimo te abrazó a ti, que temblabas. La tía Amelia estaba aparte, nadie la abrazaba ni tenía a quién abrazar. No hubo llanto, ya se me había terminado.

Luego llegó Orlando y se instaló a tu lado derecho. El Prójimo cruzó el tablero y se situó junto a mí. A los dos meses nos casamos, o no sé cómo llamarle a eso. ¿A quién se le ocurrió la brillante idea, Teresa? ¿A ti o a él?

Ya qué más da, a fin de cuentas, los encuentros son tan efímeros que, si acaso, quedan dos o tres miradas en la memoria. Del Prójimo ni siquiera me puedo hacer una representación de su rostro. Tengo el recuerdo borroso de una cara deforme, como la de esos boxeadores viejos en las que los huesos ya se rompieron y volvieron a soldar muchas veces. De sus miradas, creo que recuerdo una o dos... devastadoras. Porque hay miradas que van dejando marchito lo que ven, como si de sus ojos salieran rayos venenosos. Bajo la mirada de mi padre yo me sentía como una ramita seca y quebradiza.

¿Sabías eso, papá? No se lo dije, pero ahora lo digo.

La verdad es que yo sabía que el deseo del Prójimo no estaba dirigido ni a mí ni a nadie en particular. Perdóname, Teresa, pero así era: un torito de feria que va tronando por los aires en todas direcciones. Pura pirotecnia.

No había cariño ni ternura, nada de esas cosas; era como si abrieran la llave de paso de su ansiedad hasta agotarse. Entonces no lo sospechaba, pero ahora pienso que la pasión con la que se entregó a cuanta lucha social se le pusiera enfrente, era la misma con la que se entregaba al sexo: el odio. En una ocasión sentí que en mi rostro se dibujaba un gesto de angustia mientras veía el techo. Me perturbó darme cuenta de que mi cuerpo sabía cosas que mi conciencia no. Él no se fijó, estaba en su propio viaje, en su desesperación. Una vez que terminó y se desplomó exhausto sobre mí, sentí deslizarse una lágrima, una sola que bajó por mi cara muy despacio, tomándose todo el tiempo del mundo, como si una gran concurrencia la estuviera mirando bajar por una escalera de caracol.

Te pregunto a ti, papá: ¿qué te debo?, ¿cuál es el crimen que precisa tu indulgencia? Nunca se me ocurrió que tú podías ser el trastornado; en cambio, me quedó la sensación de que se convertía en podredumbre lo que yo tocaba, como una especie de rey Midas retorcido, y cada vez me odiaba más.

Afortunadamente he llegado a este sanatorio porque vengo a verte, Teresa, porque estás en coma, porque hubo un accidente y así hasta atrás, hasta el principio de los tiempos, una cadenita de porqués que me han llevado a toparme con personas asombrosas, como Elías o como la madre de la albina. Ve tú a saber cuál es la cadenita de sucesos que los llevó hasta mí. Lo cierto es que, gracias a que confluimos, descubrí que también hay seres que resarcen lo que van mirando. Ni siquiera hacen falta palabras, sus miradas me bastaron para advertir que una inmensa región de mi espíritu era desértica.

Por eso te digo, papá, me da lo mismo si estás o no aquí, en calidad de ausente como mi hermana, porque esto ya no tiene nada que ver contigo, no busco tu venia y mucho menos tu simpatía. Esto ya no es un reclamo, papá, esto es un conjuro.

Tu hija fue hoy a la escuela por primera vez. Mi mamá se empecinó en que los niños están mejor cuidados en la guardería que en su propia casa. Hazme el favor, ni dos años tiene la criatura. Me dijo que ella no iba a discutir conmigo y Orlando me ordenó que llevara a la niña. Así es que la dejé tempranito en la estancia infantil. Entró como si entrara a su casa, me rompió el corazón que ni siquiera se volviera a verme. Pues haz de cuenta que la maestra ignoró el entusiasmo con el que entró tu hija, porque me dijo que es normal que los niños sufran al separarse de sus seres queridos y que por eso había que someterlos a un proceso de adaptación: hoy se queda dos horas, mañana tres y así hasta que complete seis horas diarias. ¿Ves qué absurdo? Los niños se deben adaptar al procedimiento y no al revés. Además, me parece perverso que desde los dos años los niños deban cumplir una jornada laboral, pero hazles entender. Por supuesto que mi mamá no perdió la oportunidad de recordarme que la niña no era mi hija, y dijo que tú estarías de acuerdo en que la prioridad en la vida es la escuela. Espero que no, hermana, ojalá que regreses transformada del viaje en el que estás y te des cuenta de que eso es un disparate.

Dejé a la niña y me vine directo al sanatorio. Como tenía el llanto atorado y faltaba una hora para que empezara la visita, fui a refugiarme a la capilla. Ah, si la vieras, qué cosa más linda. Está al fondo del jardín, como escondida detrás de unos nísperos descuidados. Más que una capilla parece que te acercaras al cuarto de los tiliches, pero una vez que entras te quedas sin aliento. No hay figuras de santos ni retratos, casi no hay muebles. Los muros están repellados de barro y en la pared posterior al altar hay un enorme vitral de un mandala de colores morados, lilas y azules. Bajo esa luz celestial me senté a llorar a mis anchas. No sentí la opresión en el pecho que solía provocarme desmayos en las iglesias. Me acuerdo que en la capilla del internado sentía que respiraba un aire espeso y enmohecido que colapsaba mis pulmones. Esa misma sensación tuve en la iglesia en la que supuestamente me casé. Hasta tú dudaste de que me hubiera casado, ¿verdad, Teresa? Pues yo sí me la creí. Me pregunto qué habrá creído Dios.

Era jueves por la tarde. El Prójimo me llevó a Tepotzotlán en su taxi, aprovechando que su ruta había terminado en Cuautitlán, y de paso me dijo casémonos, tú y yo ante Dios, qué más queremos, no necesitamos constancias ni testigos. Francamente me dio tristeza porque muy en secreto yo anhelaba una boda como la tuya, quería un vestido largo y un peinado de salón. Mi sueño era ser el centro de las miradas, los aplausos, las fotos y terminar con el cabello lleno de arroz. Sin embargo, qué ilusa, me pareció lindo que pensara en el luto que debíamos guardar por la reciente muerte de mi papá. Me cautivó que hablara en plural. Lo abracé convencida de que no necesitaba ninguna ceremonia para ser su mujer, o tal vez convencida de que eso era lo más a lo que podía aspirar. Entramos a la iglesia tomados de la mano. Ya había terminado la última misa y no había ni un alma. Al llegar al altar empezaron a apagar las luces y, afortunadamente, porque estaba a punto de que se me nublara la vista, el sacristán se asomó para decirnos que ya estaban por cerrar. Nos hincamos un par de minutos y cada quien en su fuero interno hizo los juramentos, o eso creí. Al salir de la iglesia nos sentamos en una banca del atrio a comer un elote.

A nadie le pareció raro cuando anuncié que me había casado y que me mudaría con mi esposo, ni siquiera a ti. No sabes cómo me dolió que no me reclamaras por no haberte invitado a mi boda. Dijiste qué bien, felicidades, como si yo fuera la hija del vecino. El Prójimo habló con mi mamá a puerta cerrada y al salir ella me dijo es un buen hombre, hija, enhorabuena. Desde que murió mi papá, su percepción de las cosas había dado un giro radical y cualquier cosa le parecía magnífica. Yo creo que el apelativo de viuda le dio un lugar en el mundo, la hacía sentirse elegante, orgullosa, llena al fin de un ausente al que no pudo asirse cuando estaba vivo. Cuando el Prójimo le pidió consentimiento, se puso contenta, me abrazó y me hizo la señal de la cruz como siempre lo hacía al despedirse. Sólo Orlando, que siempre se había mantenido lejano y apenas me conocía, sospechó que algo no estaba bien. Me llamó aparte, como lo haría con una hermana menor, y me preguntó si eso era lo que yo quería. Me gustó que hablara conmigo, que me diera el lugar de una persona adulta que puede tomar decisiones, que se preocupara. Le pareció extraño que las cosas fueran tan apresuradas. Me dijo que era deplorable que me fuera a vivir al cuchitril de ese tipo. Le agradecí el gesto, le dije que no se preocupara, que había sido amor a primera vista. Te juro que yo lo creía.

Qué patético me parece ahora lo que viví como glorioso. Hasta se me revuelve el estómago de pensar en lo ingenua que fui. Me casé a escondidas, en lo oscuro, como todas las nupcias de las mujeres de esta familia, salvo la tuya, claro. Incluso a la tía Amelia le negaron su sueño de convertirse en monja a la luz del día, la única opción que le dieron sus amigas Pasionistas fue que hiciera sus votos en secreto, ella solita con Dios. Era una candidata perfecta, no entiendo por qué se lo impidieron. Las desalmadas pretextaron que a los treinta años se era demasiado vieja para hacer comunidad en la congregación, como si a Dios le importara la edad. ¿Además para qué le dieron los hábitos si le hicieron jurar que nunca, mientras estuviera viva, se los pondría? Yo la he juzgado por habernos separado, entre otras cosas que ya ni tiene caso recordar, pero reconozco que a ella le fue mucho peor que a nosotras. Tuvo que ser una monja clandestina vestida de solterona, que no mereció ser llamada madre o por lo menos hermana. Señorita para acá, señorita para allá, le dicen con displicencia las monjas del asilo. Aún hoy, que tiene setenta años y una apariencia de noventa, guarda debajo de la cama su vestido de boda negro sin estrenar: su única pertenencia, su tesoro, la evidencia de que se consagró. Luego súmale que para ser libre y atreverse a seguir el llamado tuvo que esperar dieciocho años hasta que se muriera su madre. ¿Cómo habrá sido la abuela con sus hijos si fue capaz de desafiar a su Dios? Porque así fue ¿no, Teresa?, cuando la tía Amelia le pidió a su madre que la metiera al noviciado, su respuesta fue de revancha: Dios ya me quitó a un hijo de mala manera y sobre mi cadáver se llevará a otro.

Si la abuela era así de vengativa y furibunda, no puedo imaginar lo pavoroso que habrá sido su Dios. Para colmo, después de dieciocho años, la pobre de la tía fue a caer con el Dios de las Pasionistas, que no sé qué es peor: se me figura que el de las Pasionistas debe ser un pobre Dios vestido con un traje café, zapatos roídos y un maletín a reventar repleto de papeles de cobranza con cada uno de los pecados de palabra, obra y omisión. Esas mujeres suplican que las salve el mismo Dios que las hostiga con una larguísima cuenta de deudas impagables. Lo crearon a su imagen y semejanza, tan mezquino como ese dicho horrendo de que Dios aprieta pero no ahorca, que mi papá y su hermana decían con inmensa alegría. Pues ya que te ahorque de una vez, Teresa, que nos ahorque a todas y al carajo.

Parecía que tú te ibas a salvar, eras el orgullo y la esperanza de la familia, tu boda fue un acontecimiento que mereció proclamarse a los cuatro vientos. Te la merecías, estabas tan desbordada de amor que nos contagiaste tu entusiasmo. No sé cómo lograste convencer a la tía de que te dejara quedarte a dormir con nosotros para salir de blanco de la casa de tus padres, como debía ser. ¡Qué día!, mi mamá no cabía en sí misma. Antes de que amaneciera, me despertó para irnos al mercado de Jamaica a comprar la guirnalda. Para las siete de la mañana ya estaba colgada en el portón la estrella de pétalos blancos. Hasta el camión de la basura se detuvo afuera de la casa para hacer escándalo con el claxon, dos toques seguidos de tres. Jubilosas, seguimos los rituales al pie de la letra que decían que la novia debe llevar algo viejo, algo nuevo, algo prestado y algo azul. Me acuerdo que como algo viejo llevabas el pañuelo que la tía Amelia había bordado con tus iniciales cuando cumpliste quince años. Lo nuevo era el vestido, desde luego. Para lo prestado escogiste mis aretes de piedra de río, y azul celeste era la liga de encaje que, en medio de la pista de baile, te quitó Orlando mientras gritábamos eufóricos.

Qué gentío, no tengo idea de quiénes habrán sido tantos invitados si no frecuentábamos amigos o familiares, y con los vecinos no pasábamos de los buenos días. Ahí estuvo, sin embargo, una gran concurrencia callando para siempre cuando se le preguntó si alguien sabía de algún impedimento. A diferencia de los demás matrimonios de las mujeres de nuestra familia, en el tuyo no quedaron obstáculos debajo del agua. Parecía que ibas a salirte del caminito trazado, tuviste los mejores colegios, el marido ejemplar, la vida por delante, cada cosa que te propusiste contó con el consentimiento universal. Hasta que perdiste a Muvieri y la cuerda del papalote se trozó. Te fuiste en picada hasta caer en el abismo familiar donde terminamos de envilecernos tú y yo, la una a la otra. Desde que me presentaste con el Prójimo intuí que había algo entre ustedes dos. Mi error fue cegarme, como cuando cierras las cortinas y afuera no pasa nada.

Ya sé que no soportabas que lo llamara Prójimo, que sonaba rústico y lo hacía ver como despreciable, pero siempre me incomodó llamarlo por su nombre, como que dicho por mi boca sonaba impostado. Además, así como a los taqueros todo el mundo les dice Güero, a él le gritaban por la calle: ey, Prójimo. Hasta los pasajeros del taxi: quiubo, Prójimo. Me acuerdo que la primera vez que lo acompañé en su ruta pensé ¡míralo!, hasta parece el presidente. Me encandilaba su intensidad, era como si todo a su alrededor estuviera bullendo. Me sentía soñada, no digo que no, sus artes de conquistador fueron magistrales. Aunque pensándolo bien, sería más preciso decir sus artes de enganchador. Ve el grado de mi inocencia: el hecho que me dejó desarmada, vuelta loca, dispuesta a seguirlo a la luna si él quería, fue una notita que me dejó en la bolsa del abrigo cuando se despidió de mí en el entierro de mi papá. La nota decía: ¿Puede un profano ver a los ojos de un ángel? Ay, Teresa, no sabes qué rabia, qué dolor, qué humillación me provoca esta confidencia. No me importaría que se hayan burlado de mí, que me hayan utilizado como tapadera de sus amoríos, perdonaría incluso el hecho de haber terminado desfigurada, pero por favor, que no sea cierto que tú conocías el contenido de la nota o, peor, que tú la escribiste.

Antes de que me llevara a la iglesia de Tepotzotlán me llamaba Ángel. Luego me decía Corazón. Poco a poco esa manera de llamarme se decoloró y ya sabía a café pasado tres veces por el filtro. Después de algún tiempo ya había empezado a decirme "oye" cuando quería algo y nada cuando hacíamos el amor. Ni aun en el primer año escuché mi nombre pronunciado por su voz. Ya en los últimos tiempos, cuando cerraba los ojos, creía escuchar en mi oído la voz del Prójimo susurrando muy suavecito Te-re-sa. Cuando eso pasaba, yo me imaginaba diciéndole Or-lan-do, nomás por sentir que de alguna manera me vengaba. Y bueno, siempre que hablaba de él, yo le decía Prójimo, pero cuando me dirigía a él... ya ni me acuerdo.

Lo cierto es que cuando el Prójimo estaba contigo lo deseaba con locura, y cuando estaba conmigo me parecía de lo más desabrido. De la misma manera mitificaba a mi mamá: en mi mente aparecía como un personaje de tragedia capaz de cortarse las venas por cualquier cosa, y en la vida real era la que lavaba la ropa, hacía arroz con chicharitos y alzaba la casa. Una madre difusa de aspecto difuso que no se metía conmigo, a la que yo le era indiferente, que fumaba y cantaba sus canciones tristes mientras vivía su vida sin ninguna aspiración. La madre que yo ansiaba desesperadamente no era ésa, sino la tuya. La que imaginaba que habría sido contigo si no te hubieran arrancado de ella. Anhelaba las palabras que nunca me dijo y que te habría dicho a ti. Codiciaba los suspiros que iba soltando mientras trapeaba, y los besos que le daba a tu foto de bautizo.

Al principio yo creía que lo que había entre el Prójimo y tú era una amistad profunda. De esas relaciones entrañables que a veces se dan entre una mujer y un homosexual. Aun así, me moría de celos, pero por ti. Sentía que él me había robado tu confianza, tu cercanía; de la noche a la mañana dejé de ser el perchero donde colgabas tus problemas, dejé de sentirme importante y, por más dramático que suene, me sentí sin una misión en la vida. Después me fui dando cuenta de que el Prójimo se acercaba o se alejaba de mí dependiendo de lo que pasaba entre ustedes. Paradójicamente me mostraba afecto cuando estaba bien contigo. Tú eras el eje, Teresa, alrededor de ti oscilábamos los dos, o los tres, también Orlando. ¿No será que te dejabas maltratar por el Prójimo porque sabías que Orlando te iba a recoger del suelo? Juraría que el labio roto, el oído reventado y esos moretones que te aparecían de cuando en cuando, no eran de asaltantes o caídas, sino del Prójimo. No creas que yo me salvé de su ira, es sólo que el grado de pasión hacia mí no era para tanto.

Para entonces Orlando ya se había alejado completamente, además de huir de tu cuerpo, te retiró la mirada. Se hundió en su trabajo como un avestruz. Tú te volviste emprendedora, con gran elocuencia me convenciste de apoyar tu maravilloso proyecto de Zacatlán de las Manzanas, del que por supuesto el Prójimo sería tu socio. Se me ocurrió que tu negocio de la sidra podría ayudarlo a encontrar un quehacer que lo motivara a pararse temprano y sentirse útil. Me imaginé que si el Prójimo se volvía una persona que trabajara como todo el mundo, yo podría ir a la fábrica sin estarme imaginando lo peor.

Habría sido lindo compartir contigo ese tiempo, que me contaras tus aventuras con tu enamorado en Zacatlán de las Manzanas. Yo creo que fue tu mejor tiempo, el cuerpo no miente, no puedes imaginar lo bonita que te pusiste. Llegabas colorada, brillante, hasta se me figuraba que debías oler a hierba, como dice la canción. El Prójimo también estaba transformado, dejó el alcohol, se bañaba cada día y se ponía su loción después de afeitarse. Uno al otro se embellecieron. En ese tiempo ya lo sabía, también sabía que tú sabías que yo sabía y toda esa maraña, pero no lo aceptaba, prefería quedarme en el sobreentendido, sabiendo, pero con la duda. Con la esperanza de que las cosas no fueran lo que eran. Sin embargo, en mis adentros me atormentaba un pensamiento: tú sí habías podido cambiarlo. Fue un tiempo considerable, al menos así lo viví, como un larguísimo invierno.

Luego un día compraron la troca para el negocio. Muy temprano el Prójimo me dijo vamos a ir a la agencia porque este changarro ya es una empresa. Ay, Teresa, estuve el día entero rumiando qué me iba a poner para la celebración, porque eso fue lo que me dijo antes de que saliera el sol: vamos a ir a la agencia y en troca nueva iremos a cenar. Esas palabras, tal cual: iremos, primera persona del plural, no había vuelta de hoja. A la hora del almuerzo me fui al tianguis de los viernes y me compré un vestido tan bonito. ¿Cuándo iba a imaginar que en la conjugación del verbo yo no estaba incluida?

Ese día ya no tuve escapatoria, no podía seguir viendo por entre la ranura de mis dedos. Ahí estaba al descubierto la traición, no la tuya ni la de él, sino la mía, mi propia traición. La vi, me vi, tan patética como si fuera una viejita con mucho colorete y sombras azules en los párpados, burlándose. Yo construí ese universo que sólo existía en mi fantasía. El castillo resultó ser de papel, el caballo en realidad era un taxi y el príncipe tenía corona de plástico y una nariz muy larga. Ahora sé que la respuesta a su notita era: no, Prójimo, si un profano ve a los ojos de un ángel, se muere.

En fin, que hoy me pasé más de dos horas llore y llore en la capilla del sanatorio. Qué razón tiene eso de que los ojos se limpian cuando vuelves a llorar lo llorado. Al salir de la capilla ya estaba el jardinero regando la hilera de macetas que hay a lo largo de la pared. Unas preciosas flores naranjas que despiden un olor fresco. Me llegó la idea de que tal vez el Dios de esta capilla no es ni vengativo ni furibundo ni perdonavidas. A lo mejor es jardinero.

El día que llegaste deshecha a mi casa, yo pensé que se debía a uno más de sus pleitos. Al principio no le di importancia e, igual que hacía cada vez que recalabas conmigo, me fui directo a la cocina a preparar tu tecito de valeriana. Llegué muy contenta a la sala con mi bandeja, hasta la adorné con unas florecitas blancas que había cortado por ahí en la mañana: cuéntamelo todo. La verdad es que disfrutaba tu compañía como no he disfrutado nada en la vida, aunque las cosas que decías se me fueran a clavar directito al corazón. Me tenía cautivada tu nueva faceta llena de vitalidad, de pasión, todo en ti era vibrante. Debo reconocer que el Prójimo te devolvió a la vida, aunque fuera para sufrir.

Le aguantaste hasta lo indecible, Teresa. Después de cada reconciliación se te olvidaba el pleito, pero el miedo que llegaste a tenerle era monstruoso. Con esa fama de simpático y buena gente, nadie lo hubiera creído. Te celaba de una manera tan encendida que perdiste contacto con la realidad. A ver, Teresa, aunque luego lo hayas negado, a cada rato te dejaba moretones en los brazos porque, según él, te le quedabas viendo a otros hombres. La primera vez que te los descubrí, me dijiste llena de remordimiento que a lo mejor sí habías visto hombres sin darte cuenta. Llegaste a tal extremo de ya no saber qué era mentira y qué verdad, y cada vez acababas pidiéndole perdón con el corazón contrito, como en el confesionario, libre al fin de pecados inventados. ¿No fuiste un día a pedirme, antes de tu cita con él, que te guardara las arracadas que acababas de comprar? Sólo por moler te dije ¿y qué tiene de malo, se enoja tu novio? Qué tontas, Teresa, nos referíamos al Prójimo como tu novio, nunca nos atrevimos a desenmascarar la situación. Al fin de cuentas lo de menos era que se enojara, incluso que te dejara moretones, lo terrible es que cada vez que hablábamos del asunto te rascabas los pellejitos de las uñas hasta sacarte sangre.

Cuando llegué a la sala con mi bandeja, dispuesta a pasarnos una mañana encantadora tomando té y comiendo galletitas, me asustó tu mirada. A diferencia de las otras veces, en tus ojos ya había algo perdido. Entre tanto sollozo y balbuceo, alcancé a entender que se habían peleado, o más bien que él se había peleado contigo, esta vez para siempre, y que había ido a buscarse otra que no fuera una puta como tú, alguien que no lo hiciera sentirse una basura.

Sentí un odio horrible hacia él por hacerte sufrir y quise consolarte argumentando que a dónde iba a ir que más valiera. Si te hablé de su historia de prófugo no fue para mortificarte ni para demostrar que yo lo conocía más que tú. No me dejaste terminar, te pusiste como loca y gritaste que yo no tenía idea de quién era él ni de lo que había pasado, que él no tenía la culpa de nada. La verdad es que él nunca me hizo una confidencia, me enteré de las atrocidades que vivió por su madre, el único día que la vi de pura coincidencia. Una vez, cuando acabábamos de conocernos, acompañé al Prójimo a dejar un pasaje a Huamantla. Qué chistoso, todavía no éramos nada, y en mis recuerdos fue el único tiempo en que fuimos todo. Cuando se bajó el pasajero, me dijo voy a ver a una persona, es rápido, no nos tardamos. La casa estaba apenas iluminada por un par de veladoras y la anciana estaba recostada en un catre, contemplando las sombras en la pared. No era una escena tétrica, al contrario, la atmósfera era hogareña, cálida. El Prójimo se sentó en una orillita del catre y se quedó mirando el suelo. Me pareció extraño que la señora no se sorprendiera al verlo, que no dijera una palabra, sólo dibujó una leve sonrisa triste. Sospeché que era su madre porque, aunque no se parecían en nada, en su trato había esa especie de familiaridad rancia. Después de un rato, el Prójimo se levantó y dijo que iba a traer agua, agarró dos baldes que estaban junto a la estufa y salió. Cuando nos quedamos a solas, la mujer me hizo una señal con la mano para que me acercara, y cuando me senté en el catre pegué un brinco porque se le soltó la lengua y su voz era como la de una muchacha. Como si supiera los minutos exactos que tardaría el Prójimo en volver del pozo, atropelladamente resumió su vida.

No me lo confió a mí, Teresa, ella ni siquiera sabía quién era yo, tan sólo era una historia que traía atorada y que necesitaba dejar dicha. Un indio, repitió muchas veces, lo que sus hermanos no le perdonaron es que hubiera sido un indio el que la deshonró. Los hermanos de la señora anduvieron ocho años pisándoles los talones a los padres del Prójimo, de pueblo en pueblo. Ocho años vivieron huyendo, como la Sagrada Familia tratando de escapar de Herodes. Hasta que los tíos dieron con su hermana y cazaron al indio. Sin bajarse de sus alazanes, con un par de disparos recuperaron el honor de la familia más pudiente de Ocosingo. Uno pensaría que muerto el perro se acabó la rabia, pero no fue así, a la madre del Prójimo la dejaron tirada, ni uno de sus tres hermanos se dignó siquiera a mirarla. ¿Te imaginas? Uno cree que no puede haber en el mundo peor tragedia que la propia. Me imaginé al Prójimo de niñito, huyendo de la muerte sin saber por qué, y luego presenciando la escena: su padre desangrándose y su madre desquiciada, queriendo taponar los agujeros que le dejaron en el pecho. Y eso no es todo, lo más estremecedor de mi encuentro con la mujer fueron las últimas palabras que dijo antes de que el Prójimo volviera del pozo. Alzó sus ojos azules y, mirando al techo, dijo pobrecito, el hijo del indio.

¿Entiendes por qué te digo esto, Teresa? Su desgracia fue el único argumento que se me ocurrió para que entendieras que tú eras lo mejor que le había pasado en su vida. Qué impresión, hasta ahora me percato de lo invisible que llegué a ser ante ustedes dos. Yo era inexistente hasta para mí. El caso es que ya habíamos llegado al punto en que cualquier cosa que dijéramos servía para apuntalar nuestra rivalidad y, en lugar de consolarte, empeoré las cosas. Te pusiste frenética, te abrazabas con desesperación, tu llanto no era normal, era ronco y subterráneo, te mecías rítmicamente y repetías: no voy a volver a pasar por eso. Claro que sí, insistí, has pasado por eso millones de veces, eres una maestra en el arte de la reconciliación. Deduje que estabas embarazada cuando, ya sin gritos y profundamente abatida, me dijiste que entre ustedes dos "esto" no había pasado nunca. No tuviste que explicar más para que entendiera el motivo del pleito: el muy infame te llamó puta porque cabía la posibilidad de que la criatura fuera de Orlando.

Estabas en una escena del fin del mundo, tu desconsuelo era un río profundo que corría silencioso y oscuro desde hacía tres años cuando enterraste a Muvieri y ahora, al sentirte embarazada de nuevo, encontraba desembocadura. Tonta, mil veces tonta, Teresa, estabas equivocada, esta vez tu hija no nacería muerta, como gritabas. Nada de lo que temías ese día llegó a suceder.

Al final me juraste que irías a buscar a Orlando para arreglar las cosas y que le dirías la verdad. Qué ironía, las últimas palabras que escuché de tu boca fueron: lo juro por mi vida. No recuerdo si nos despedimos, si nos abrazamos. Esa noche no pude dormir por estar lucubrando sobre cosas que ni estaban en mis manos ni tenían que ver conmigo. Intenté tranquilizarme metiéndome a bañar, pero no había agua caliente. En el refri ni siquiera había un poco de leche. Con la panza vacía me metí a la cama, a dar vueltas. Me preguntaba si Orlando sabía lo que pasaba entre ustedes y, si así era, si iba a ser capaz de hacerse de la vista gorda y fingir que el niño que crecía en ti era su hijo. Por otra parte, me parecía inconcebible que el Prójimo creyera que por nada del mundo le ibas a poner los cuernos con tu propio marido. Desde luego, también me torturé pensando dónde y cómo estaría el Prójimo a esas horas, sin suéter ni nada. Imagínate qué tan derrotada estaba, que ni siquiera me pasó por la cabeza que tú ibas a tener un hijo de mi esposo.

Mucho tiempo después supe que el día que se pelearon, el Prójimo buscó a Orlando para decirle que tenías tres meses de embarazo. Le confesó que ustedes habían tenido un par de encuentros casuales, pero le dijo que de eso hacía años, mucho antes de que se emparentara conmigo. Ése era el hombre que nos disputábamos, Teresa. Mientras tú estabas en mi casa desconsolada, él estaba con Orlando, traicionándote. Para deslindarse de la criatura le juró a Orlando que se iría lejos y que no volvería a verte. En cambio tú, al salir de mi casa, seguramente sopesaste la inmensa diferencia que existe entre amar y querer, como dice la canción, y corriste tras el Prójimo para decirle: yo creo que tú y yo podemos ser felices todavía.

Qué insondable es el misterio de la sumisión. Aun cuando es cierto que nos medimos con otra mujer, lo que en realidad nos erige es la mirada de un hombre. Ahí vamos

por la vida comportándonos como si fuéramos un des-
poblado, un despropósito, hasta que aparezca un Hombre con mayúscula que nos invente, que nos diga con su
voz de mando, sugestiva y encantadora: tus ojos son color de almendra.

A la mañana siguiente del pleito, Orlando tocó a mi puerta y me encontró tratando de arreglar el bóiler. Yo no tenía la menor idea de cómo hacerlo, pero componer algo me genera casi el mismo alivio que siento cuando hago la limpieza. Estaba tan mortificada por ustedes que necesitaba entretenerme con algo. Le dije que no estabas conmigo y por miedo a decir cualquier cosa que te delatara, le pregunté si él sabía algo de calentadores.

Con entusiasmo se remangó la camisa y se dirigió al baño donde estaba el bóiler. Fui por un banquito y en silencio me senté cerca por si necesitaba algo. Empezó por regañarme: ¿al menos tienes idea de lo que es un bóiler? Como si yo tuviera la culpa. Se fue directo contra mí y me echó en cara que la gente como yo somos un peligro para los demás. A ver, ¿al menos sabes prender el piloto? Le dije que sí, claro. Lo vi tan concentrado que contuve la risa. Me explicó con un detalle exasperante que el quemador que está instalado debajo del depósito de agua debe producir una llama azul claro, porque eso significa que el gas está teniendo una combustión completa, pero que hay que tener mucho cuidado cuando la llama es amarilla o naranja. Mientras me explicaba el funcionamiento de las piezas, le daba golpecitos al bóiler con el mango del desarmador. Soltaba una perorata sin destinatario que me hacía sentir acompañada.

Sabrás que los calentadores tienen una vara de metal que se llama ánodo de sacrificio. Es una pieza que se instala para resguardar el metal más noble con el que está hecho el bóiler. El chiste es que, por una suerte de reacciones electromagnéticas, esa vara se va destruyendo para proteger el metal noble de la corrosión, por eso se llama de sacrificio. Orlando siguió explicando que sin esa vara el calentador era un peligro, pero ya no le puse atención porque la historia de esa pieza me conmovió. Me quedé pensando en las cosas que tienen la función de asumir el desgaste de otra para que el sistema pueda seguir funcionando.

Me dijo espérate aquí, no tardo. Regresó con una llave Stillson y siguió trabajando por horas hasta que se dio por vencido. Me dijo que ese bóiler ya no servía y que había que tirarlo a la basura. No es broma, me regañó como si yo fuera una menor de edad. Luego, como si nada, me dijo que no habías llegado la noche anterior. Quiso saber cuándo te había visto por última vez. Entendí que no habías hablado con él como prometiste. Como el Prójimo tampoco había pasado la noche en casa, pensé en varios escenarios: Huamantla no era un lugar que le ofreciera refugio; Ocosingo, descartado, así que definitivamente se había ido a esconder con alguno de sus amigos en Zacatlán de las Manzanas. En cuanto a ti, en lugar de irte a tu casa como me habías jurado, seguro que te habías ido a seguirlo. También pasó por mi mente la posibilidad de que se hubieran fugado juntos a donde nadie pudiera encontrarlos. Ya me veía yo en uno de esos grupos de búsqueda de desaparecidos llorando sin consuelo, y con el secreto clavado en el pecho de que la desaparición de mi esposo y mi hermana había sido voluntaria.

Le dije a Orlando que mi mamá se había enfermado y que tú estabas con ella en el hospital. Le mentí no porque pensara que iba a creerme, sino para ganar tiempo en indagar qué tanto sabía y qué tramaba. Seguramente él también tenía claro que yo no le diría la verdad, y de igual forma dilataba los minutos. Pese a que los dos sabíamos lo absurdo de la mentira, nos sostuvimos en la farsa. Se ofreció a llevarme en su auto al hospital. Mira qué par de mensos, me preguntó si al hospital de siempre y sin titubear le dije que sí. Nos enfilamos al Gabriel Mancera, presumo que porque eran sus rumbos. Insistió en que yo tenía que comer algo si me iba a quedar a velar en el hospital y se detuvo en una fonda. Sin pedir mi opinión ordenó para mí arroz con mole y un taco de suadero, y para él pidió una Corona.

Me dio la impresión de que se estaba burlando de mí y me puse a buscar en mi memoria de dónde podría saber él que yo no soportaba ni el mole ni el suadero. No me acordé hasta su tercera Corona que justo ése fue el menú de la comida cuando celebramos su boda por el civil, donde yo me pasé la tarde comiendo cacahuates. Me asustó su capacidad de observación y no me cupo la menor duda de que sabía con precisión el cómo, cuándo y dónde de tu relación con el Prójimo. Me sentí expuesta, un estúpido títere, pero a esas alturas no podía perder la compostura. Pedí una Corona para pasarme el mole y luego pedí otra. Estaba en su papel de hermano mayor diciéndome que no tenía que preocuparme porque mi mamá era un roble, que tenía salud suficiente como para durar otros cincuenta años. Hablaba y hablaba de la familia como esa institución perfecta que el ser humano había inventado para salvarse de la soledad. Disertó sobre el misterio del amor, la fraternidad y esos valores universales sobre los que difícilmente puedes entablar una conversación, pero me esforcé en seguirle el hilo. Estaba tranquilo, yo me sentía relajada y hasta contenta. Me pidió otra Corona, chocamos las botellas y me la bebí.

En un momento se hicieron las cinco, empezaron a subir las sillas a las mesas para barrer y pidió la cuenta. Antes de levantarnos me soltó que él nos admiraba mucho a ti y a mí porque nos cuidábamos al grado de quitarnos el pan de la boca para que la otra no se quedara con hambre, y cosas peores, me dijo. Me quedé muy seria sintiendo que me ardía la cara de vergüenza. Sí se estaba burlando el infeliz. No me preguntó por ti ni por mi *bulto*, como se refería al Prójimo cuando me hablaba de él. Como la fonda estaba a una cuadra del hospital, le dije que no se preocupara, que yo me iría caminando. Me pareció extraño que no insistiera, que no haya intentado entrar a buscarte. No tenía lógica que me hubiera buscado sólo para burlarse. Lo acompañé al auto, y antes de subirse lo encaré, le dije que fuera a buscarte, que peleara por ti. No contestó. Me conmovió su mirada sombría pero en paz, como la de alguien que ya trae su renuncia en la mano, como un triunfo.

Empezó a llover y decidí tomar el metro, estaba a reventar y el olor a humanidad mojada era bastante desagradable; sin embargo, el calorcito me sentó bien. Pensé que era un hecho que estabas en Puebla. Estaba un poco mareada y la cabeza me daba vueltas tratando de vislumbrar posibles horizontes. Una opción era ir por ti y traerte conmigo a la fuerza. Según mis cálculos, podría pasar a mi casa por algo de ropa y llegar a Zacatlán de las Manzanas antes de la medianoche. Iría por ti y tomaríamos el camión a Veracruz para alcanzar a ver el amanecer en el puerto. Era la alternativa más bonita, pero tuve que descartarla de inmediato porque era demasiado romántica para ser posible, además ya parece que te ibas a ir conmigo.

Luego pensé en mi casa, donde había puesto mis ilusiones. Durante dos años me dediqué en cuerpo y alma a edificarla. Poco a poco fui intercambiando las paredes de lámina por concreto. Cada quincena guardaba un piquito de mi sueldo hasta que juntaba para un millar de ladrillos, a los pocos meses la varilla, luego medio camión de grava, y así. Al año de haberme mudado al cuartucho del

Prójimo pude echar la losa gracias a mi aguinaldo. Todo el tiempo pensaba en eso: cuál debía ser la orientación de la cocina para que estuviera iluminada, cómo comunicar las ventanas para que no faltara ventilación. Aprendí a hacer el mortero, a saber en qué parte del ladrillo debía colocar la mezcla y qué presión ejercer para que se distribuyera a lo largo. Echar el yeso fue lo más fascinante: dejar las paredes lisitas. En ese momento entendí que había construido mi refugio en terreno ajeno.

Dejaría al Prójimo, eso iba a hacer: empezaría de nuevo. Al llegar a mi casa empaqué un poco de ropa, agua, una bolsa con nueces, el sobre de mis ahorros, mi acta de nacimiento. Ya sabes, el maletín de sobrevivencia. No es que tuviera un plan trazado, más bien empecé a hacer cosas aleatorias y desarticuladas, como si me hubiera quedado atorada en una arruga de la realidad. Salí al patio a regar las plantas, luego decidí darme un baño y saqué del clóset un cambio de ropa. Al abrir el cajón de las medias vi que quedaban puros calcetines dispares. Me solté a llorar. Todavía sollozando me dirigí al baño y vi que el maldito piloto seguía apagado. Intenté encenderlo de todas las maneras posibles, pero, aunque se oía que salía gas, no lo logré. Estaba desesperada y me sentía una inútil, tal cual me había tratado Orlando. Ya te digo, Teresa, actuaba como si tuviera una arritmia emocional.

Al ver tirada en el suelo la llave Stillson que Orlando había usado, me acordé de la historia del ánodo de sacrificio. Sentí un ardor en el centro del vientre, como si se estuviera gestando una erupción. En mi cabeza los pensamientos empezaron a ser incandescentes. El mundo entero me parecía una infinita injusticia. En mis recuerdos sólo aparecían terrenos baldíos, lotes de carros de segunda cubiertos con una capa gruesa de tierra, contenedores de basura, pilas de cartón y tarimas amontonadas: mi vida había consistido en caminar sin destino sobre un muladar. Me acordé de la muñeca que te hice con retazos de tela y que quedó sepultada debajo de la higuera. Vi el bote de basura en el que acabó el regalo que le di a mi papá un día del padre. Me vi de niña dibujando caracol caracolito con el dedo sobre el vaho de la ventana aquella tarde que te fuiste con la tía Amelia. Vi al Prójimo diciendo: esto no es lo que piensas, no te enamores de mí, mientras me quitaba la ropa con impaciencia. Me vi de anciana, era igualita que mi mamá, pero mucho más vieja: hacía hoyos en un llano cubierto de cascajo con la esperanza de que por ahí estuviera enterrado mi ombligo. Todo eso aparecía con nitidez en la pantalla de mi imaginación como si lo viera en el cine.

Cuando caí en cuenta ya había desprendido a golpes varias piezas del bóiler con la llave Stillson. Me consoló pensar que una de ellas debía ser el ánodo de sacrificio. En ese momento me acordé de la advertencia de Orlando y se me ocurrió que el bóiler podría explotar. Milagrosamente, el piloto prendió al primer intento. En eso escuché el motor de la troca del Prójimo. Me asomé por la ventana y cuando vi que venían juntos me encerré en el baño y me quedé quieta esperando a ver qué hacían. No era hora de que yo estuviera en casa, pues llegaba del trabajo a las diez de la noche, pero el Prójimo gritó al entrar ¿hay alguien ahí? No contesté. Pensé que entraría a la recámara a recoger sus cosas. En eso escuché que empezaron a discutir. No entendía bien porque hablaban muy bajito, pero percibí que él empezaba a exasperarse, hacía esos sonidos roncos, como cuando estaba a punto de explotar. De pronto le gritaste algo que me cimbró. Ahogada en llanto le dijiste que por encima de todo yo era tu hermana y que no te moverías de ahí hasta que hablaras conmigo. El Prójimo gritó chingá, ya vas a empezar otra vez. Para cuando sonó un golpe que me pareció el de una silla contra la pared, ya estaba yo empuñando la llave Stillson para salvarte. Al abrir la puerta, te escuché implorando: no, en la panza no. Alcancé a llegar a la recámara y cerrar la puerta. Recibí la explosión bien campante viendo el techo.

Ciertamente ante la policía navego con bandera de tonta, pero no soy inocente. Infinidad de veces les he repetido que el bóiler no servía, que vino el plomero y le quitó las piezas para limpiarlo, que el idiota de mi marido ni siquiera se había enterado de que el maldito bóiler tuviera meses descompuesto —claro que al policía no le digo lo de idiota—, y que luego el señor de la casa, sin percatarse de que en el suelo estaban tirados los componentes del calentador, quiso prender un bóiler desvencijado. Les hago la llorona, les enseño mis cicatrices y con eso me los he ido quitando de encima. Sin embargo, la verdad es otra cosa o a lo mejor ni existe. He llegado a pensar que la verdad está hecha de capas y capas de pequeños engaños, de trampas. Quitas una y hay otra y otra, hasta que llegas al centro donde ya no hay nada. Para ser exactos: yo sabía, pero no sabía; sabía que iba a borrar hasta la última huella de mi historia, lo que no calculé es que, para variar, tú te ibas a poner en medio.

Cómo iba a imaginar que serías tan testaruda, ¿en qué cabeza cabe, Teresa? Si ya no habías hecho lo más sensato, que era irte a hibernar en tu casita de la Nápoles con tu lavadora nueva y tu muchacha de servicio para esperar cómodamente la llegada de tu hija, ¿por qué no te fuiste con el Prójimo a Puebla o a Tijuana o a donde fuera, sin más nada, a vivir a un mundo nuevo? Tenías que ir a meterte a mi casa, justamente a esa casa que estaba condenada a desaparecer.

Después de la explosión escuché al Prójimo gritando que estaba atorado. Acto seguido sonó un golpe atronador. Corrí y te encontré debajo de la alacena que se había desprendido de la pared. En cuanto pude liberar tu cuerpo, vi que la lumbre ya había llegado al patio y estaba a punto de alcanzar el cilindro del gas. Me aventé sobre ti justo antes de la segunda explosión.

A Orlando le tocó encontrarte debajo de mí, limpiecita, sin una sola quemadura, en actitud de Virgen María al momento de la Anunciación. Cargó contigo como el mismo san José: con un hijo que no era suyo. La tía Amelia gestionó para que sus hermanas Pasionistas te internaran en su sanatorio, y a mí me llevaron al hospital de especialidades.

Lo que son las cosas: al final Orlando, sin ensuciarse las manos, se coronó. Él fue quien llamó a los bomberos, cruzó el fuego hasta dar contigo y ponerte a salvo. Después volvió a entrar y se abrió paso entre el humo, cargando el cuerpo lacio de su enemigo. Me he preguntado tantas veces qué estaba haciendo él ahí. ¿Cómo es que llegó en el momento justo para sacarte con vida? O todo fue una coincidencia providencial, como dice mi mamá.

Supe que el ataúd del Prójimo fue de bronce prometeico con acabados en terciopelo y satín perla. Orlando se hizo cargo, encabezó sus rituales funerarios, recibió condolencias y confortó a gente que no conocía. El pleito acabó siendo entre ellos, Teresa. Hay hombres que por más aspavientos que hagan, ante otros se vuelven lambiscones, se humillan y acaban sometiéndose solitos. Hay otros que esperan en silencio sin inclinar la cabeza. O como hace poco una señora me explicó sobre los nopales que vendía: unos son criollos y otros son mansos.

Lo último que recuerdo es que cuando me llevaban en la camilla para subirme a la ambulancia, en un momento entreabrí los ojos y alcancé a ver un enjambre de mariposas, como una nube blanca encima de los escombros.

Cuando desperté estaba en el hospital. Cualquier movimiento, incluso respirar, me provocaba un dolor endemoniado, me ardían hasta las uñas. Recuerdo aquellos días insólitos como si se hubieran roto las fronteras entre el adentro y el afuera, entre el antes y el después. No sabía si lo que pasaba por mi mente eran recuerdos, sueños, visiones, miedos o una mezcolanza espantosa. Era tan alucinante, Teresa, que si los efectos de ese dolor se pudieran encapsular ya los estarían vendiendo en el mercado negro.

Un día escuché los aullidos angustiantes de la Negra, como algo que estuviera sucediendo en ese momento, hasta me lastimaban los oídos; sin embargo, tenía claro que eso había pasado hacía años, cuando todavía vivíamos en la granja, y yo, impunemente y en total inconsciencia, regalé sus gatitos recién nacidos. Como ese recuerdo que había sepultado, otras imágenes, más punzantes que las quemaduras, cobraban vida fuera de mí. Cosas tan extrañas como escuchar muy cerquita la voz de una mujer que preguntaba: ¿se curará?, ¿vivirá?, seguida de otra voz o la misma, que parecía más un eco que una réplica: ¿vivió?, ¿nació? Era como si un archivista inexperto hubiera revuelto los folios de mi historia, dejando un reverendo caos: lo que pasó pegado con lo que no fue y enseguida lo que jamás debió haber pasado. Eso transcurría mientras las enfermeras me daban vueltas, bocarriba, de lado, bocabajo, como los pollos rostizados.

Estuve postrada algunos meses en el pabellón de los quemados, en una cama de la que, no sé por qué, colgaba una bitácora sin nombre. Edad, entre veinte y veinticinco años. Señas particulares: estrabismo. Dos veces al día anotaban en la bitácora mis signos vitales, temperatura corporal, cambio de suero. Al poco tiempo me di cuenta de que esa serie de pequeños engranajes repetitivos iba haciendo que el día se moviera: inyectaban la botella del suero y luego a mí, enseguida cerraban las cortinas, removían la sábana de abajo de un tirón. Yo aullaba. Es para que no te duela, *miamor*, decía la enfermera cada vez. La piel desprendida se quedaba pegada a la sábana para acabar en un caldero con agua hirviendo y sustancias burbujeantes, según me explicó el intendente. Una vez desnuda seguían las pomadas y al final, una sábana limpia caía sobre mi cuerpo. La obediencia a los manuales era impecable, como el piso que, sucio o no, se trapeaba cinco veces al día. En una ocasión el médico en turno me preguntó mi nombre y se lo dije completo, incluyendo apellidos. No lo apuntó en la bitácora.

Para las enfermeras, el paso de las horas era ir de una cama a otra, contoneándose, severas, con su amabilidad profesional, de máquina contestadora. Sus movimientos eran precisos, distantes, de cartón. Imagino que la teoría las obliga a decir *miamor* en un decibel más alto de lo normal, porque deben creer que los quemados acabamos sordos. Deben gritar: voy a aplicar antinflamatorio, *miamor*. A veces también me decían reina o madre. Me dejaba hacer porque no tenía fuerzas para rebelarme, pero si hubiera podido les habría gritado no soy reina ni madre y mucho menos soy tu amor, por Dios, trátame con respeto. Pobres, hacían su mayor esfuerzo. En el pabellón, los quemados éramos una jauría de lobos aullando uno después de otro, cada vez más fuerte, como si se tratara de ver quién sufría más.

Mientras el cuerpo estaba en carne viva la vida se reducía a un presente que me escaldaba y que parecía no tener fin. Cualquier cosa me dolía de manera doble, no sé cómo explicarlo, el dolor era interno y al mismo tiempo, era como si sucediera en un mundo paralelo que cobraba realidad a partir de mi desgarramiento: llegó a dolerme el techo, la ventana, la lluvia. Sin embargo, al paso de las semanas la piel se iba volviendo insensible y los dolores empezaron a ser más específicos. Uno de esos días me despertó una sensación de tierra en los dientes, y al intentar limpiarlos con la lengua descubrí que estaban rotos. Las lágrimas manaron como si yo me hubiera convertido en un ojo de agua.

Una mañana de mayo pasó algo extraordinario: después del almuerzo, que consistió en gelatina y té con popote, llegó un coro a hacer su obra de caridad. Desde la puerta del pabellón sonaron dos guitarras desafinadas y las voces estridentes de seis niñas cantando "Señora, señora". Me acordé de la infinidad de veces que cantamos esa canción en el internado y me dieron náuseas. Qué crueldad tenían en el corazón esas monjas, Teresa: cincuenta niñas, la mayoría huérfanas, obligadas a repetir y repetir esos versos lacerantes. Por más que me hice la dormida, las niñas vinieron a pararse justo a los pies de mi cama. Luego me hice la muerta y más fuerte gritaron, *a ti que cargaste en tu vientre dolor y cansancio*. Mis lágrimas volvieron a desbordarse sin control.

Cuando las niñas hicieron el favor de retirarse, dejaron el techo lleno de globos de colores metálicos, inflados con helio. Una afanadora vieja con el cabello seco y encrespado se quedó detenida en la puerta, apoyada en su escoba. Me pareció un cuadro precioso. Detuvo su mirada un segundo en cada cama como si nos estuviera dando una bendición personalizada, al menos eso quise creer, y me dispuse a recibirla. Fue el primer día que dormí de corrido; cuando volví a despertar ya había oscurecido otra vez. Todavía no podía moverme, seguía teniendo la sensación de tierra en los dientes, el cuerpo ajado y la sonrisa descompuesta; sin embargo, sentí un cosquilleo agradable, una especie de contento.

Por las tardes me acariciaba con ternura un hilito de luz: iniciaba en los pies y al llegar a la cara, las enfermeras del turno vespertino desplegaban las persianas. El día entero esperaba a que llegara mi visita de la tarde, mi reloj de luz. Mi piel empezó a arrugarse y a hacer callo, y poco a poco recuperé mis movimientos. Moverme por mí misma despertó la vida que había estado confinada dentro. Una de esas tardes abrí los ojos y vi a Elías. Su historia era espeluznante, pero me hipnotizaba el entusiasmo con que la contaba. ¿De dónde sacaba la alegría? ¿Cuál era su secreto? Todavía me sorprende que hayamos sido tan amigos. A lo mejor se divertía conmigo como hacía con todos. Le encantaba ponerme en encrucijadas.

En una ocasión me explicó la prueba irrefutable de la existencia de Dios. Se desató los listones de la espalda de la bata azul y me enseñó el trasero. Por atrás era un enorme trozo de chicharrón. Yo pegué un grito y él soltó las risotadas. Mi cara quedó limpia, ¿te das cuenta?, me dijo, lo podrido quedó atrás donde no lo veo, dime si Dios no existe. Instintivamente hundí la cabeza dentro de mi bata, como hacen las tortugas dentro de su caparazón. Me sentí arder de vergüenza, el típico nudo en la garganta, las manos sudadas, etcétera, esa cosa lacrimógena en la que me había convertido. Aun cuando podía verme partes del cuerpo achicharradas, y en algunas ocasiones me había tocado la cara, no me había atrevido a verme al espejo. En ese momento supe que mi cara era como la espalda de Elías. Lo podrido me había quedado a la vista del mundo.

A veces la única forma que tenemos para escondernos de otro es en sus brazos: cúbreme, cúbreme, pero no me veas. Sin embargo, Elías no daba tregua, me abrazó tres segundos y me apartó, me situó a diez centímetros de su mirada y en actitud de galán, me dijo que él sí tenía una cara que habría sido lamentable perder. Con Elías descubrí el poder de la risa. Su locura era deliciosa. Decía cualquier ocurrencia, pensaba lo que le venía en gana, no tenía cercos. Su chascarrillo arrogante me curó del pudor y hasta me sentí afortunada de no haber sido ni de cerca una cara bonita.

En otra ocasión, al regresar de nuestro paseo por el jardín, me tomó del brazo como comadres y me jaló hasta el pasillo del comedor de empleados. Me detuvo delante de una pared de cristal. Mírate, me dijo. Los dos estábamos vestidos con una bata azul amarrada por la espalda, calcetas blancas y chanclas de baño. Parecemos dos locos de manicomio, le dije, bajando inmediatamente los ojos. Me tomó de la nuca con su manaza y la giró con firmeza hacia arriba. Abre los ojos, me ordenó. Me vi sin un pelo ni cejas ni pestañas. Ya veníamos un poco entonados con la anforita y sentí que no iba a poder contenerme. Elías me estrechó contra su pecho para que pudiera llorar a mis anchas y permitió que le dejara la bata llena de mocos. A partir de ese momento empecé a seguirlo como uno más de los perritos que lo habían elegido. Él, por supuesto, se sentía Dios. De alguna manera lo fue, Teresa, o por lo menos un enviado. Yo creo que Elías tenía una encomienda: demostrarme que mucho más intenso que el dolor es el goce.

Se fue de noche. No se despidió. En la bitácora que había estado colgada en los barrotes de mi cama, me dejó un mensaje. Debajo de mi nombre, que escribió con una letra gigante, se leía: Los signos vitales que importan no están escritos en la bitácora. Pensé que me estaban mintiendo, me resultaba imposible creer que dieran de alta a un paciente en la madrugada, como un fugitivo. Lo más seguro era que se les hubiera muerto o, peor, que ellos lo habían matado.

Empecé a buscar rastros. Ninguno. Ni siquiera estaba su camilla. Primero conjeturé que le habían puesto veneno en el suero y que se había muerto mientras dormía, que por eso lo sacaron en la camilla y se deshicieron del cuerpo antes de que amaneciera. Debía haber algún sótano congelado donde guardaran a los muertos que nadie reclama y que sirven a los practicantes de medicina. También estaba la posibilidad de que hubiera una bóveda secreta con tambos llenos de ácido en los que deshacen los cuerpos que nadie buscó. Pensar que de Elías no había quedado ni un solo rastro me hacía dudar si realmente existió. Pero era imposible, de alguna manera imprecisa pero contundente yo sentía dentro de mí las huellas de su paso por mi vida.

También pensé que se les pudo haber pasado la mano con los analgésicos y en alguno de los rondines nocturnos la enfermera habría notado algo raro en su respiración, en su color. Llamaría a sus compañeras, a los guardias, despertaría al internista. Seguramente habrían ido medio sonámbulos a atestiguar la lamentable pérdida: qué pena, Elías tan entusiasta; ni hablar, los accidentes pasan.

El supuesto más aterrador era que en verdad lo hubieran dado de alta en medio de la noche, habría salido a las calles encharcadas, con las luminarias lagañosas, los letreros parpadeantes de los hoteles, las ratas de pelos grasientos saliendo por las alcantarillas. Me preguntaba con angustia si al darte de alta te dejaban llevarte los calcetines.

Al final no entré en ninguno de los paisajes funestos en los que me veía caminando encorvada, apestando a orines y arrastrando bolsas de plástico. No tuve que pedir un pedacito de suelo seco a los pobladores de los puentes. Ocurrió lo menos pensado: llegó mi mamá. Fue tanta mi sorpresa que ni siquiera me pregunté si dio conmigo de pronto, o por qué no me visitó si sabía dónde estaba internada. En una bolsa de papel echaron mis medicinas, ungüentos y el papelito de alta. Me acordé de cuando salimos del internado, cargando nuestra vida en una bolsa. Rodeé la cama para despedirme, y descolgué la bitácora con mi nombre, escrito por Elías de su puño y letra.

Mi mamá no entró por mí. Dijo que no podía con los hospitales, que le daban taquicardia el olor a cloroformo, la luz blanca y las paredes verde pistache. Qué curioso, ha venido a verte todos los días desde hace dos años. Seguramente para ella debe haber una enorme diferencia entre un sanatorio y un hospital. Alcancé a distinguirla en la otra acera de la calle apoyada en la pared, con los brazos cruzados en actitud de no-me-vuelvas-a-hacer-esto. Cuando me vio frunció la cara al punto de casi romper en llanto. Yo dije oh no, ahí vamos de nuevo. Ya me veía yo ahogada en culpa, consolándola: pobre mamá *que cargaste en tu vientre dolor y cansancio.* Afortunadamente me sentía especialmente alegre, ligera. Había pasado las últimas semanas sin Elías, aferrada a mis pensamientos de bebé: la gelatina es dulce, el sol deslumbra, tengo sueño, me pica la piel, por lo tanto existo. Mi proceso de regeneración estaba en el punto en que la epidermis forma una capa como de cera pegada que se arruga y te estira. Es una sensación chistosa, como si estuvieras cubierta de Resistol. ¿Te acuerdas que nos poníamos una capa en la palma de la mano para imprimir el mapa de nuestras vidas? Ya no hay tal, Teresa: mis huellas se borraron, me quedó un mapa lisito y brillante, como de recién nacido.

El caso es que en cuanto llegué junto a mi mamá, nos abordó un señor que vendía pollos amarillos de plástico. El hombre no tenía dientes, ni uno solo. Supongo que tampoco oía bien porque, mientras lo hacía sonar apretándole la panza, te repetía a gritos *iévate* el *poio.* Una y otra vez el pollo piaba como bocina de carro y mi mamá se lo espantaba como si fuera una avispa. Quítamelo, quítamelo, hasta que no pudo más y se dejó caer de sentón en el suelo, con unos berridos antiguos de niña abandonada.

Al verla así, los escudos protectores que en los últimos años había levantado para salvarme de su acercamiento, se vinieron abajo. Ya sé que mi aversión hacia ella es algo reprochable que no puedes perdonar. Entiendo que no comprendas, Teresa, que pienses que cómo es posible que la desdeñe, justamente yo que, a diferencia de ti, sí tuve a mi mamá de tiempo completo. Yo tampoco entiendo, sólo sé que en este teatro nuestros personajes no comulgan. Cuando ella quiere hacerla de mamá, yo entro en un corto circuito y la aborrezco. En cambio, si ella juega a la chiquita desamparada, las cosas fluyen, la regaño, la conforto, nuestros parlamentos adquieren sentido, pero entonces me aborrezco a mí misma. Desde niña tengo esa imposibilidad: no puedo mostrarme vulnerable, mucho menos ante ella; es tanto como poner en sus manos el arma con la que podría desintegrarme.

Sin embargo, el día que me esperó afuera del hospital la vida nos agarró desprevenidas. Ella berreaba sin poder levantarse de la banqueta y yo me ahogaba de risa porque, con tanto chillido, los codos se le hacían flácidos y se me resbalaba para caer otra vez.

Me llevó a su casa, preparó el cuarto que había sido mío, puso sábanas limpias, me preparó té de jengibre, lo dejó en la mesita de noche y sin decir palabra, se sentó en el filo de la cama. No quiso indagar qué había pasado o ya lo sabía, no me hizo reproches ni se hizo la ofendida. Cuando creyó que me había quedado dormida me retiró con suavidad los vendajes que me habían dejado en el hospital para proteger mi piel y, sin el menor asco, acercó sus labios a mi frente. Entonces descubrí el milagro de tener una mamá.

En cuanto supe que habías sobrevivido me volvió el alma al cuerpo. Mi mamá me advirtió que no me hiciera ilusiones porque estabas en coma, pero no me importó, Dios me estaba dando una segunda oportunidad que no iba a desperdiciar. Corrí a buscarte, decidida a sacarte del sanatorio y recuperar el tiempo perdido; sin embargo, al verte me fui de espaldas. No entiendo por qué mi mamá no me dijo que estabas a punto de dar a luz. Qué extraño que para ella fuera importante revelar la enfermedad y ocultar la gracia, pero en fin, su cabeza es algo que ya terminé por meter en la caja de las cosas que no voy a comprender.

Claro que sabía que estabas embarazada, pero lo supe como algo que había pasado en la otra vida, antes del incendio. Cuando te embarazaste de Muvieri, si acaso te pusiste piernuda y un poco cachetona, ahora ni por asomo imaginé las dimensiones que tu cuerpo podía alcanzar. Postrada en la cama eras tal cual el dibujo de la boa que se tragó al elefante. Quise creer que, como la boa, habías caído en un letargo mientras el ser que llevabas dentro, o se asimilaba o salía, pero tu sueño no era natural. Alguien que duerme tiene energía, es indudable que de alguna forma está en este mundo. En tu caso no era claro si estabas muerta o viva. Yo creo que las dos cosas, eso era lo escalofriante. Más que un animal aletargado dabas la impresión de algo pétreo: un volcán apagado que estuviera a punto de hacer erupción.

El término de tu embarazo estaba a la vuelta de la esquina y levantaste un revuelo en el sanatorio: llegaron especialistas, practicantes, religiosas y fotógrafos, ávidos de presenciar cómo es que una señora en coma da a luz. El nacimiento de tu hija fue un acontecimiento sin precedentes. Me dejaron presenciarlo desde una esquina, pero ahí, quietecita, me dijeron. Entraban y salían enfermeras, la doctora daba cátedra a sus practicantes, un vocero espontáneo iba gritando desde la ventana: ¡tres centímetros de dilatación!, y la concurrencia aplaudía desde el patio. En una hora ya estabas en diez centímetros y el cuello del útero estaba borrado. Tus contracciones eran sacudidas que no iban acompañadas de gritos ni desgarramientos. Fue impactante verte tan en paz, con una leve sonrisa sardónica, como si miraras desde muy lejos las convulsiones del cuerpo que habías dejado de habitar. En cuanto la bebé asomó la cabeza, lloró con fuerza mientras la congregación aplaudía y vitoreaba. La doctora la pegó a tu pecho calientito y mamó de ti naturalmente, como si las dos fueran expertas.

Al rato llegó Orlando con sus papás, sus hermanos y mi mamá. Tu hija pasó de unos brazos a otros. Tu cuerpo ya se había apaciguado, parecía exhausto. Ahora sí eras una mujer en coma que al fin dormía. Cuando el cuarto se quedó vacío, la enfermera me hizo un gesto para que me acercara y me puso a la nena en los brazos. Su piel era rosada, fina y brillante; las ramificaciones de sus venas se transparentaban. Nunca imaginé que sostener en brazos a un bebé recién nacido era una iniciación. Ese pedacito de carne indefenso, que ni siquiera era mío, me sacó de mí y me puso en el mundo, jamás había sentido eso.

Después de un mes tu cuerpo dejó de producir leche y Orlando estuvo de acuerdo en que tu niña estaría mejor con mi mamá que en los cuneros del sanatorio. Además, agregó que nos haría bien entretenernos en algo, y tenía razón. Al principio fue difícil, a tu hija le daban cólicos y pasábamos la noche en vela. Me acuerdo que en una ocasión desperté sobresaltada al percatarme de que me había quedado dormida con la nena en brazos, mientras la paseaba de un lado a otro para que parara de llorar. Ahora que te lo cuento pienso que no fue para tanto, pero en ese momento dije: no voy a aguantar. Lo que son las cosas, Teresa, tu hija sí fue nuestra segunda oportunidad. Mi mamá pudo al fin experimentar con su nieta esa magia que sólo produce la crianza: si cruzas el límite del cansancio, el corazón se expande. Así es que esos primeros meses estuvimos tan extenuadas como revividas. Yo no quería separarme un momento de tu bebé. Mi mamá me decía: ya deja a esa niña que la vas a embracilar, pero es al revés, una es quien se envicia. El olor de su cabecita era el bálsamo que me cerraba las heridas, y tenerla en mis brazos me llenaba de energía, entusiasmo, ganas de vivir.

No lo creerías, Teresa, pero fue tal la transformación que tu hija provocó en mí que sentí la necesidad de visitar a la tía Amelia. Pobrecita, su equilibrio mental se desplomó cuando caíste en coma y tuvieron que internarla. Si la vieras, la pobre está hundida en una demencia senil que según los doctores no tiene; le crecieron las orejas y la nariz, trae los pelos sueltos, la bata de dormir percudida y su boca sin dientes escupe pura obscenidad. Todavía trae el anillo del corazón negro en el dedo donde van las promesas eternas. Me la imaginé como uno de esos árboles secos y cuarteados que desde siempre han estado ahí.

Al principio me destanteó que me confundiera contigo. ¿Qué te pasó, Teresita?, me dijo. Traté de sonreírle como si fueras tú, le dije que no había sido nada, un leve accidente sin importancia, como tú hubieras dicho, que las marcas de mi cara se iban a quitar, que no se preocupara. Creo que me costó menos trabajo hacer tu papel que el mío, hasta sentí bonito. Me enterneció la manera en que me lanzó sus manos: en lugar de parecerme una anciana que mendiga cercanía, la vi como una niña que se sabe un obsequio. Me dio tentación preguntarle si todavía guardaba la casita de muñecas. En lugar de provocar una conversación que no me convenía, mejor me dispuse a hacer la labor en la que, gracias a ti, me he vuelto experta: saqué de mi bolsa la crema mentolada para estimular su circulación.

Mientras disolvía los nudos de sus pantorrillas, me acordé del cachetadón que te llevaste cuando se vio en el espejo la trenza de cuatro gajos que le tejiste. ¿Qué pasó, Teresa? ¿Por qué no soportó que le dijeras que parecía una reina? Yo creo que ella oscilaba de un extremo a otro, o eras santa o demonio, o eras genio o retrasada mental, si no eras discreta entonces eras casquivana. Para ella no había puntos medios, no por nada brincó, sin ninguna transición, de la infancia al ocaso. Por eso vivió en una sola estampa, con su falda gris, sus zapatos de goma, vestida como viejita para pasar desapercibida. Resulta que ahora, aparte de fea, da miedo. Es como si la locura le hubiera arrancado la piel de pobre ancianita para dejar al descubierto un lobo macilento: un animal rabioso que saca espuma por la boca y se echa pedos mientras lo sobo.

Me contó una vez más las cosas espeluznantes que vivió en su travesía hacia Estados Unidos cuando era una niña. Habló mucho de mi papá y en especial de su otro hermano, Refugio. La pobrecita se limpiaba las lágrimas disimuladamente, como si se estuviera espantando las moscas, al evocar cómo su hermano la llevaba en hombros porque ella no podía caminar de la fiebre que tenía. ¿Te imaginas, Teresa? Si la tía Amelia tenía como ocho años, Refugio debe haber tenido once, y en sus recuerdos fue el héroe invencible que la procuró, la sostuvo, la amó. Jamás la había escuchado decir que alguien la hubiera amado. Uno de esos días su hermano dejó de estar, y ella, de tan enferma, ni cuenta se dio.

Volvió a platicar la vez que escuchó ruidos extraños que venían de atrás de una roca, y que al acercarse vio una cosa enorme, blanda y con pelos, que se movía. Esa imagen terrorífica que nos provocó tantas pesadillas: por fuera podía ser una vaca o un camello, pero por dentro, un montón de pájaros, con los picos llenos de sangre, combatían en una batalla campal. Ahora en su locura dice que no era un animal sino su hermano Refugio grande y peludo, sin ojos, sin encías ni lengua. Cuenta eso con los ojos pelones como si estuviera hechizada, y ahí sí me dio miedo, estuve a punto de salir corriendo cuando empezó a repetir como posesa *dentro de tus llagas, escóndeme*.

Dice mi mamá que es un hecho que durante ese escabroso viaje, una vez se les perdió toda una mañana y fueron a encontrarla dormida junto al cadáver de un animal. Y también es un hecho, según le confió mi papá, que cuando se murió Refugio, su madre la repudió. Ahora puedo entender la debilidad que mi papá tenía ante su hermanita. Esa abuela que no conocimos era mil veces peor de maligna que la tía. Ve el desprecio que tenía hacia el abuelo, cómo recordaba la tía Amelia haber escuchado a su madre quejarse por haber tenido que arriarlo como a una mula, hasta que ya no valió ni un centavo en los campos agrícolas de Estados Unidos. Si era capaz de sentir eso por su esposo, no dudo que no le haya perdonado a su hija que el rayo de la muerte que venía dirigido a ella, que era la enferma, hubiera alcanzado primero a Refugio.

Contra mi costumbre, la abracé. Ay, Teresita, qué fea te quedó la cara, me dijo compungida. En tu nombre le dije que no tenía nada de que preocuparse, que mis quemaduras eran superficiales y que tarde o temprano iban a desaparecer. Contra su costumbre, me devolvió el abrazo. Le dije adiós, no al hada negra en la que se convirtió, sino a la niña que sobrevivió al desierto sin Refugio, bien derechita, cargando con la culpa insoportable de haber sobrevivido.

No había venido, hermana, pero no es que no te extrañe o que ya no quiera verte, lo que pasa es que anduve lejos. Te confieso que a veces salía deprimida de aquí, imaginándome como una de esas ancianas que viven pegadas a una tumba, creyendo que su viejito está ahí. Pero estar contigo sin duda me ha hecho bien. La verdad es que, si no hubiera tenido que venir cada día durante dos años, no habría tenido el ánimo para seguir adelante. Hasta creo que darte masajes, cambiarte de postura o curarte las úlceras de la espalda eran cariños que, sin darme cuenta, me daba a mí misma. Sin embargo, de repente y muy a mi pesar, en mi interior emprendí un viaje. Dejé solas a mi mamá y a tu hija, y me dediqué a vagar de aquí para allá.

Empecé a encontrarme a Elías por todas partes, o al menos eso creía. Una vez me pareció que iba en un vagón del metro mientras yo esperaba en el andén. Otra vez creí verlo agarrado a la puerta de un camión que iba a reventar, mientras yo cruzaba la calle. Lo curioso es que siempre era la misma escena: él yéndose. En una de mis andanzas me lo encontré pasando el campo de fut. Me pareció rarísimo que estuviera en ese lugar donde nunca me había topado con alguien. Me gusta andar por ahí antes del amanecer, tomo la dirección de las vías y sigo más allá de los tiraderos de basura, justamente para evitar encuentros.

Ese lugar parece de otro planeta: en medio de unos pastizales se encuentra un pantano donde crecen miles de florecitas moradas. Cuando di con ese sitio sentí que había llegado a mi hogar. Pues resulta que justo ahí, en mi santuario, estaba Elías de pie, inmóvil. Lo vi de espaldas y desde lejos, pero no me cupo la menor duda de que era él. Me fui acercando sin hacer ruido, porque pensé que estaría meditando o algo así. Cuando lo tuve cerca me di cuenta de que sí podía ser Elías, pero con diez años menos. Traía puestos unos lentes extraños, como los que usan los optometristas para hacerte el examen de la vista. De los lentes salían unos cables que se conectaban con un aparato que Elías manipulaba con las manos. Tenía la cabeza en alto, como si estuviera mirando el cielo. Le pregunté qué haces. No se quitó los lentes, no se sobresaltó, siguió haciendo lo que estaba haciendo y dijo que estaba volando.

Me senté en el suelo a observarlo. En un momento dijo ya vuelvo, y al rato salió de una nube un avioncito que se dirigió a nosotros. Elías, o como se llame Elías en versión adolescente, no podía creer que jamás en la vida yo hubiera oído hablar de drones. Me llamó abuela y nos reímos, como siempre. Estoy convencida de que era él, aunque en distinta fachada, porque cuando se quitó los lentes no se sorprendió de mis quemaduras, no me dijo ¿qué te pasó? como todo el mundo, ni se asustó. Me dio los lentes y me dijo que él manejaría el control.

Antes de que el avioncito despegara vi la hierba a la altura de mis ojos, como si yo fuera Pulgarcito en medio de una selva espesa. Hizo despegar el avión sin decir ni agua va y sentí que se me movía el suelo. Se burló diciendo que seguro en mis épocas todavía no habían inventado los aviones. Al elevarme, lo primero que vi fue el pantano, como un pequeño oasis en medio del terregal. Con que esto es el famoso valle, pensé, el que antes de ser pantano fue lago y si vamos más lejos, seguro que alguna vez fue mar. Me dio entre risa y susto darme cuenta de la gravedad con que mis pensamientos empezaron a teñirse. Pasando el pantano localicé las vías del tren y desde arriba me pareció que, como yo, la tierra también tenía en la piel una larguísima cicatriz indeleble. Vi algunas techumbres desperdigadas entre las montañas de basura. Más allá apareció un botadero de casas, que en realidad ni siquiera eran casas sino proyectos, obras grises que iban a quedarse así, a medio acabar. Las paredes tenían ventanas sin vidrios, como bocas chimuelas. Sólo unas cuantas estaban cubiertas con una lámina de fibra de vidrio. Se me ocurrió que aquellas madrigueras debían ser el resultado de ese refrán popular que dice *más vale pájaro en mano*. Lo curioso es que el cielo de esos caseríos también era de color cemento. Mientras lo atravesaba, como quien cruza por en medio de la tristeza, buscaba sin éxito el *ciento volando*. Más alto, le rogué a Elías, desesperada por salir de ahí.

De pronto, no sé si fue mi fantasía, pero vi mi pequeño mundo en miniatura debajo de una capa de neblina. Eran escenas que tenían que ver con nosotras, como una película que se rebobina y vuelve a empezar. La diferencia es que con los lentes del dron yo ya no estaba implicada, a esa distancia estaba a salvo. No eras tú ni yo. Sí éramos nosotras, no sé cómo explicarlo, es como cuando sueñas con alguien que conoces y estás segura de que es esa persona, pero su apariencia e incluso su edad no corresponden. Eras tú, yo, mi mamá, la suya, sus hermanas, la tía Amelia y hasta la pérfida de su madre, todas en una. Fue como captar la eternidad en un abrir y cerrar de ojos; comprender que nuestras historias enlazadas han sido apenas un palpitar de la vida, un breve y doloroso palpitar.

Por ahí estaba Orlando, el hombre perfecto, dotado para amar con una fuerza de voluntad de miedo, pero condenado a no poder desear a la mujer que ama. Recordé la confidencia que me hiciste al volver de tu luna de miel en la que me contaste veladamente y un tanto humillada, no lo que pasó, sino lo que no pasó. Ve el grado de mi inocencia, ni siquiera lo registré por creer que el "felices para siempre" quedaba consumado con la boda.

Me dio lástima ver al Prójimo maniatado, resentido, despreciándose a sí mismo, incapaz siquiera de respetar a la mujer que desea. Vi a Elías de chiquillo, concentrado en mirar el cielo. Como si fuera de vida o muerte, dirigía un avioncito que estaba a miles de kilómetros y en el que supuestamente iba yo. Pero en realidad estábamos uno al lado del otro, con los pies en la tierra, en silencio. Estuve a punto de decirle quédate, Elías, no tiene caso, no recojas al primer perro que te encuentres, pero no me habría entendido.

Vi el cedro gigante que estaba junto a la tumba de mi papá. Ya no había tumba, Teresa, estaba el árbol solito. La idea de que mi papá se hubiera convertido en el cedro guardián me puso eufórica. Sería la prueba de que no hay nada conclusivo, ¿te das cuenta?: mi papá no murió un día específico como escribimos en su lápida, estuvo muriendo durante muchísimo tiempo o, mejor dicho, su vida fue una feliz transmutación silenciosa y obstinada.

Luego, como he hecho durante estas semanas que no he venido a verte, me vi caminando, siguiendo las vías. Iba quemada como estoy ahora, con el corazón igual de magullado que el cuerpo. Debes creer que me dio el mal de las alturas y que de plano me volví loca, pero, viéndome desde lejos, descubrí que del mismo lugar de donde brotaba el lamento también surgía el consuelo. Dentro de mí era la misma voz la que lloraba y arrullaba, era yo la que iba lívida y derrotada y también era yo la que seguía camine y camine. ¡Claro!, a eso debió referirse mi papá cuando me dijo que a veces la vida te da un regalo hermoso envuelto en una caja muy fea.

Para cerrar con broche de oro vi a tu hija que se balanceaba en el columpio de nuestra infancia y tú le dabas vuelo. Estoy segura de que era tu niña porque traía el vestido rojo que Orlando le compró hace poco para su cumpleaños. Más alto, más alto, gritaba. En eso escuché la voz de Elías que decía ya no se puede más alto, la batería se está agotando. Mientras el avioncito descendía, ya muy cerca del suelo, vi a Elías, pero ya no estaba conmigo. Era la albina la que estaba junto a él, bien despierta, con los lentes puestos, fascinada viendo el cielo.

Le he dado muchas vueltas a esas visiones. Cuando nació tu hija creí que una vez más la historia se repetía. Supuse que, al igual que nosotras, tu bebé había nacido de una mujer dormida, de un cuerpo hueco, de una casa abandonada. Me torturaba imaginarla también a ella, condenada a vagar por la tierra como una huérfana. Ahora sé que no es así: el cuerpo de mi mamá era un cascarón cuarteado y gris que estaba de luto, pero no es lo mismo. Qué tal si esto de la evolución no consiste en una carrera de relevos en la que una generación pasa a la siguiente la misma estafeta, una y otra vez. En cambio, podría tratarse de un lanzamiento con honda. ¿Te imaginas? ¿No sería lindo que en esta vida no importara a dónde llegas, sino hasta dónde lanzas a la que viene detrás de ti? Ve a mi mamá, así de maltrecha como la he percibido, cuán atinado habrá sido su lanzamiento como para que tú hayas llegado hasta aquí. Ya te oigo diciendo: uy, sí, qué victoria, terminé en coma. Aparentemente naufragaste, pero piénsalo, ¿no será justo ésa la conquista?: dejaste tu cuerpo en pausa y te retiraste, generosa, para que tu hija creciera dentro de ti sin historia ni angustia, sin la memoria en el cuerpo de una madre que se muere de tristeza.

Si hubieras visto con qué determinación, con qué osadía se abrió paso a la vida, ella solita, contra todos los pronósticos.

Acaba de cumplir dos años. No se parece a Orlando ni al Prójimo ni a ti, es distinta. Su mirada es tranquila y penetrante, como la de un venado que mira el valle desde los arbustos. Es vigorosa, se enferma poco, cualquier cosa le causa regocijo. Recibe a su padre con inmensa alegría y de la misma forma se despide de él cada semana que la visita, igual que cuando yo la dejo en la escuela: entra feliz, sin miedo a ser abandonada. ¿Te imaginas lo que esa niña será capaz de hacer?

Por mi parte, no me tocará hacer ningún lanzamiento. No supe detenerme o tal vez no tuve un motivo para hacerlo, pero ¿acaso no fui yo tu equipo? Me tocó poner mi cuerpo para que el fuego no abrasara el tuyo. Ahora entiendo el significado de las orugas que aparecieron en mi pared poco antes de conocer al Prójimo, y las mariposas que volaron sobre las cenizas el día del incendio: esta historia no empezó con nosotras, pero con nosotras terminó. Lo único que lamento, Teresa, es que no puedas ver cuánto ha valido la pena.

Esta obra se terminó de imprimir
en el mes de julio de 2024,
en los talleres de Litográfica Ingramex S.A. de C.V.
Ciudad de México.